Le dernier train pour Paris

Roman

Hamon de Quillan

Global East-West. LTD

Table

1
Embarquement dans la tempête

Le train fit une brusque embardée, projetant Emma contre le siège en cuir froid. Dehors, le ciel s'assombrit rapidement, des nuages épais engloutissant l'horizon tandis que la tempête se déchaînait. Chaque coup de tonnerre la faisait trembler, comme pour refléter le chaos qui régnait en elle. Elle serra son sac contre elle, comme pour s'ancrer à un monde qui s'effondrait. Son souffle était saccadé, son cœur battait à tout rompre, comme si la tempête qui soufflait au-dessus de sa tête venait de percer le toit. L'odeur de la pluie et de la peur flottait dans l'air, et elle sentait le poids de tout ce qu'elle avait perdu l'écraser, l'étouffer.

Elle avait quitté Londres en fin d'après-midi, laissant derrière elle une vie brisée. Des mots tels que « trahison », « désillusion » et « perte » se répétaient dans son esprit. Ses fiançailles avaient été rompues, non pas avec douceur, mais avec la cruauté d'un miroir brisé. La galerie où elle avait mis toute son âme n'était plus son sanctuaire, mais une coquille vide et froide, symbole de trahison. Le détournement de fonds qui avait été découvert n'était que la partie émergée de l'iceberg. Sa carrière était en ruines, ses rêves éparpillés comme des morceaux de verre brisé, et tout ce qui lui restait était une lettre de sa grand-mère lui murmurant l'existence d'un trésor secret caché dans un appartement de Montmartre. Elle ne pouvait s'empêcher de remarquer l'ironie de s'accrocher à une carte de son passé alors qu'elle était ballotée par les vagues de la tempête. Elle se sentait comme une feuille prise dans un tourbillon, ballottée d'une vague de désespoir à l'autre.

De l'autre côté de l'allée, Liam était assis, raide, le visage pâle dans l'ombre projetée par les éclairs. D'habitude, il griffonnait dans son carnet à la recherche d'une histoire, mais ce soir-là, son stylo restait immobile. Ses pensées tournaient en rond dans son esprit, comme Emma, il fuyait quelque chose, même s'il gardait le silence. Le poids de ses peurs inexprimées pesait sur sa poitrine, lui rappelant sans cesse qu'il ne trouverait peut-être jamais l'inspiration tant recherchée. La tempête rugissait de plus en plus fort, telle un jugement contre leurs mondes fragiles. Il ne cessait de l'observer : la tension de ses épaules, le léger tremblement de ses mains qui serraient son sac comme un talisman. Dans ses yeux, il aperçut une tempête bien plus sombre que celle qui faisait rage à l'extérieur, un tumulte qui la hantait, un secret qu'elle n'osait révéler. Une étincelle de curiosité s'alluma en lui ; une histoire qui attendait dans l'ombre se cachait sous son apparence calme.

Soudain, le train fit une nouvelle embardée, un mouvement si violent que le carnet de croquis d'Emma tomba de ses genoux. Elle le ramassa précipitamment, les doigts tremblants, et feuilleta les pages remplies de dessins complexes : ce n'étaient pas de simples gribouillages, mais des plans détaillés du train, des itinéraires de sécurité et des alcôves cachées. Liam l'observait avec une suspicion grandissante, son instinct lui soufflant qu'elle n'était pas ce qu'elle semblait être. Lorsqu'il toucha enfin son bras, elle sursauta, les yeux écarquillés par la nervosité.

« Pourquoi dessinez-vous tout cela ? » demanda-t-il doucement, la voix teintée d'une curiosité prudente.

Emma hésita, se mordit la lèvre, puis détourna le regard, feignant le calme.

« Ce n'est rien », murmura-t-elle. « Rien de particulier, juste quelque chose pour m'occuper l'esprit. »

L'esprit journalistique de Liam la soupçonnait de cacher quelque chose, mais sa voix tremblante le trahissait. Le silence qui les séparaient s'alourdit, chargé de secrets qu'ils ne voulaient aucun des deux avouer. Plus tard dans la nuit, la tempête s'intensifia et le train s'arrêta brusquement à Amiens. La lumière vacillait de façon inquiétante à travers les vitres brisées, projetant des ombres fantomatiques dans le wagon.

Emma, qui ne parvenait pas à trouver le sommeil, surprit Liam qui parlait doucement au téléphone, d'une voix pressée et prudente, comme s'il cachait quelque chose. Elle ne comprenait pas tous les mots, mais elle distinguait des bribes : le colis, la date limite, la prochaine étape. Son souffle se coupa et elle sentit un poids froid s'installer dans son estomac. La lettre de sa grand-mère prit soudain tout son sens, lui murmurant des avertissements dans l'obscurité.

Et si ce retard n'était pas seulement dû à la tempête ? Et s'ils s'étaient précipités tête baissée dans quelque chose de dangereux, quelque chose de plus délicat et mortel qu'elle n'avait imaginé ? Ses mains tremblantes serraient plus fort son carnet de croquis, son esprit s'emballant à l'idée de possibilités qui lui donnaient la chair de poule, chaque nouvelle révélation resserrant l'étau de son passé caché. Tout au long de la nuit, les pensées d'Emma tournaient comme une toile d'araignée, entremêlant souvenirs, peurs et questions en un nœud inextricable.

Elle ne cessait de repenser aux paroles de sa grand-mère au sujet d'un « trésor », mais pas du genre enfoui sous l'or ou les bijoux. Il s'agissait de quelque chose de bien plus insaisissable, peut-être la preuve d'une trahison vieille de plusieurs décennies, enfouie dans les méandres de l'histoire. Son ancienne vie d'enquêteuse refaisait surface avec une clarté douloureuse ; elle avait autrefois traqué des escrocs et des faussaires, démêlant les mensonges cachés sous des peintures et des photographies. Ce même instinct lui soufflait à présent qu'elle marchait dans un piège, une histoire bien plus dangereuse qu'un simple vol. La présence de Liam à ses côtés était imprévisible : était-il un allié ou une menace ? Elle le voyait maintenant : il y avait des couches qu'elle n'avait pas encore décortiquées, des secrets enfouis sous la tempête qui faisait rage à l'extérieur, attendant que l'aube les révèle et projette de longues ombres sur leur fragile alliance.

***

Le train fit une embardée inattendue alors que le ciel dehors se transformait en un chaos de nuages sombres sous l'effet de la tempête. Liam était assis près de la fenêtre, fixant le paysage flou, avec l'impression que le monde tout entier était en train de se déformer. Son stylo reposait inutilement dans sa main, son esprit incapable de se concentrer sur quoi que ce soit de concret, comme si le chaos qui tourbillonnait dehors reflétait le tumulte qui régnait en lui. Le retard se prolongeait, et à chaque minute qui passait, il sentait l'urgence grandir en lui, comme une démangeaison qui refusait d'être apaisée, une histoire qui refusait d'être révélée. Il était venu chercher la clarté, une étincelle pour raviver ses mots, mais il n'avait trouvé qu'un silence épais, rompu seulement par le grondement lointain du tonnerre et le doux bruissement du carnet de croquis d'Emma posé à côté de lui.

Alors que le train s'arrêtait dans une gare faiblement éclairée, Liam jeta un coup d'œil à Emma. Elle avait fermé son carnet de croquis, le front plissé, le regard distant. Il y avait quelque chose dans son attitude, une tension silencieuse qui contrastait avec son apparence calme. Il se demanda quels secrets elle cachait sous son air posé. Quelques minutes plus tard, ils se retrouvèrent dans un compartiment exigu, contraints par les circonstances de se rapprocher. Au début, leurs conversations étaient prudentes, protégées par une entente tacite selon laquelle ils ne pouvaient pas se permettre de faire confiance à quiconque. Mais avec la tempête qui faisait rage contre les parois métalliques et la nuit qui s'assombrissait à l'extérieur, les barrières commencèrent à s'estomper. Liam lui posa des questions sur son art, et Emma hésita avant de révéler qu'elle était restauratrice. Elle expliqua alors timidement sa fascination pour les détails et les histoires cachées dans les toiles craquelées et les vieilles fresques murales. Liam, avide de distraction, lui parla de ses voyages en Europe, décrivant des itinéraires en train et des villes oubliées, des histoires qui semblaient flotter sur ses lèvres comme des reliques attendant d'être redécouvertes.

Puis vint le premier rebondissement, qui s'insinua presque silencieusement dans leur conversation, comme une ombre. Le regard de Liam s'aiguisa lorsqu'il remarqua le carnet d'Emma. Ses croquis n'étaient pas de simples gribouillages, mais des schémas architecturaux détaillés du wagon lui-même. Des lignes et des symboles indiquaient chaque issue de secours, chaque poste du personnel, chaque caméra et chaque recoin caché. Son cœur s'emballa. Il se pencha légèrement, ne sachant pas s'il devait la confronter ou simplement observer.

Emma surprit son regard et referma brusquement le cahier, rougissant. Elle marmonna quelque chose à propos de se calmer, mais Liam ne pouvait se défaire de l'impression que ses dessins recelaient des secrets, quelque chose qui allait bien au-delà de ses paroles rassurantes. Le cliquetis rythmé du train masquait leurs murmures, mais le poids des questions non posées pesait lourdement dans l'air. Plus tard dans la nuit, alors que le train s'attardait à Amiens, le téléphone de Liam vibra dans un silence inquiétant.

Emma, recroquevillée sur son siège, l'observait s'agiter, puis s'excuser pour s'absenter un instant. Lorsqu'il revint, le visage tendu, il semblait différent, plus sur ses gardes. Emma aperçut son téléphone et son estomac se noua. Il avait parlé en arabe, d'une voix précipitée et étouffée, une langue qu'il n'avait jamais mentionnée auparavant, évoquant « le colis » et « la date limite de demain ». Son cœur s'accéléra alors que le sentiment familier de la suspicion s'empara d'elle. La lettre de sa grand-mère, qu'elle considérait autrefois comme un simple fragment de l'histoire familiale, prenait désormais une importance considérable. Et si elle se dirigeait vers quelque chose de dangereux ? Sa quête de la vérité l'avait-elle conduite sur une voie pavée de secrets plus sombres qu'elle ne l'avait imaginé ? La tempête dehors faisait rage, comme pour faire écho à la tension qui montait en elle.

Plus Liam et Emma approfondissaient leur enquête, plus leurs mondes se révélaient étroitement liés par des couches de tromperie. Le passé d'Emma en tant qu'enquêteuse d'assurance spécialisée dans la fraude artistique refit soudain surface, un aspect qu'elle avait dissimulé sous des couches de calme apparent. Sa véritable mission ne consistait pas seulement à trouver un trésor, mais à découvrir les preuves d'un vaste réseau de contrefaçon qui éclipsait l'histoire : des œuvres d'art volées vendues sous le couvert de ventes légitimes et cachées à la vue de tous. La lettre de sa grand-mère n'était pas seulement un message crypté, mais un indice menant à des documents cruciaux enfouis sous Montmartre : des reliques qui pourraient faire éclater toute l'opération. Pendant ce temps, la couverture de Liam, écrivain voyageur dissimulant un rôle secret au sein d'Interpol, commençait à prendre tout son sens. Sa croisade contre la contrebande et le vol d'œuvres d'art s'entremêlait avec la quête d'Emma, tous deux poussés par un réseau de factions criminelles de plus en plus nerveuses et désespérées.

La prise de conscience fut brutale. Ils étaient tous deux devenus des cibles, non pas des victimes choisies au hasard, mais des pièces soigneusement sélectionnées dans un jeu plus vaste. Le retard du train, la violence de la tempête, les passagers suspects... tout avait été orchestré. Leurs alliés, leurs amis qui leur souriaient gentiment dans la pénombre du compartiment, le conducteur serviable qui leur avait apporté des cafés au bon moment... tous étaient pris dans la toile de la tromperie. Le moment arriva tranquillement, presque furtivement, comme une dernière provocation, lorsqu'ils découvrirent que leurs téléphones avaient été clonés et que tous leurs messages avaient été effacés ou redirigés. Le cœur d'Emma battait à tout rompre. La cachette de sa grand-mère à Montmartre n'était pas seulement un refuge, c'était une forteresse, un labyrinthe construit il y a longtemps par des membres de la Résistance, rempli de passages secrets et de chambres cachées.

Emma pouvait sentir le poids de l'histoire peser sur elle, chaque ombre de cette vieille ville racontant des histoires de trahison, d'héroïsme et de complicité silencieuse. Les murs de l'héritage de sa propre famille semblaient s'effondrer à ses pieds tandis qu'elle fixait les briques qui s'écroulaient, se demandant si des révélations n'attendaient pas derrière chaque fissure. Puis survint la trahison, choquante et immédiate. La voix de Liam, qui discutait avec son supérieur au téléphone, révéla la terrible vérité.

L'enquête d'Emma avait été compromise dès le début. Quelqu'un de son entourage l'avait trahie en fournissant des informations à ceux qu'elle traquait. Cette pensée la fit profondément souffrir, mais ce qui la blessa encore plus, c'était de découvrir que sa grand-mère, Margot, qu'elle croyait morte depuis des décennies, était en vie et qu'elle était le cerveau derrière tout cela. Elle avait orchestré toute l'opération, dissimulant sa véritable nature derrière une série de tromperies. L'esprit d'Emma tournait à toute vitesse, et elle entendait son cœur battre à tout rompre dans ses oreilles. La femme qui avait autrefois été son héroïne, sa protectrice, était désormais le visage de leur pire ennemie. Chaque pas qu'elle avait fait l'avait conduite dans un piège, et les ombres de Montmartre semblaient désormais plus menaçantes que jamais. Ils ne se doutaient pas que la tempête faisait toujours rage et que le combat d'Emma et Liam n'était que le début.

***

Le ciel s'assombrissait d'heure en heure tandis que le train s'immobilisait au milieu d'une violente tempête hivernale. Le vent hurlait comme une bête à l'extérieur, faisant vibrer les fenêtres et semant le trouble dans le cœur de tous les passagers. Emma était assise, raide, sur son siège, serrant son sac comme si celui-ci pouvait lui apporter un semblant de calme. Son regard se porta sur le couloir faiblement éclairé, où chaque ombre semblait murmurer des secrets qu'elle ne pouvait pas tout à fait entendre. Elle sentait le poids de ses peurs inexprimées peser sur elle, comme si la tempête elle-même allait les engloutir avant l'aube. Personne ne savait combien de temps ils resteraient bloqués, et ce silence, épais et suffocant, était devenu un invité indésirable qui s'attardait dans le wagon exigu.

Dehors, la pluie tombait sans relâche, transformant le monde extérieur en un tourbillon gris. Le martèlement résonnait dans les entrailles du train, couvrant le faible brouhaha des conversations et les quintes de toux occasionnelles. L'esprit d'Emma vagabondait vers la lettre que sa grand-mère lui avait laissée : des instructions énigmatiques, la promesse d'un trésor caché à Montmartre, qui semblait soudain encore plus loin dans ce chaos. Elle repensa à la façon dont elle avait échappé à la trahison de Londres, fuyant sa vie brisée avec un espoir tremblant. Au lieu de rails lisses et d'horizons lointains, elle était confrontée à une tempête imprévisible qui pouvait la piéger ici pour toujours. Chaque minute semblait s'étirer, comme si le temps lui-même avait décidé de s'arrêter pour l'observer retenir son souffle. Le vent soufflait dehors, semblable à un avertissement qu'elle ne pouvait entendre.

Le regard de Liam était fixé sur la fenêtre sombre, mordillant sa lèvre inférieure tandis qu'il écoutait le fracas de la tempête. Son instinct de journaliste luttait contre l'anxiété grandissante ; il était venu ici pour trouver des histoires, pas pour ajouter encore au silence. Le rythme habituel du train était rompu, remplacé par un silence inquiétant, anormal et presque sinistre. D'ordinaire, le ronronnement du train était réconfortant, mais ce soir, il semblait être le prélude à quelque chose de pire. Ses doigts tapotaient nerveusement sur son carnet, cherchant des mots qui ne venaient pas. Son esprit vagabondait vers des images de conflit et de chaos, des endroits où la tempête extérieure était rien comparée à celle qui faisait rage en lui. Il n'allait pas bien. Le retard au départ, l'arrêt soudain... Ce n'étaient pas des problèmes météorologiques ordinaires. C'étaient des signes, des signaux qu'il ne pouvait pas encore déchiffrer, mais qu'il percevait au plus profond de lui.

Face à lui, Emma sortit son carnet de croquis et se mit à dessiner d'un trait rapide et assuré. Sa main bougeait presque automatiquement, capturant les contours de la trappe d'urgence, des caméras de sécurité, les postes du personnel, tous les détails qu'elle avait mémorisés lors de sa brève mission d'infiltration.

Elle savait que ces croquis n'étaient pas seulement de l'art, mais aussi une carte, un registre secret de la configuration du train et de ses points faibles. Depuis longtemps, elle avait appris à taire ses craintes et à les enfouir sous ses croquis. Dessiner l'apaisait, c'était son ancrage mental dans l'obscurité tourbillonnante. Pourtant, ce soir-là, elle levait souvent les yeux vers Liam. Elle se demandait s'il avait remarqué ses notes inhabituelles, si son secret était bien gardé, enfoui sous les traits de graphite. Mais elle ne pouvait s'empêcher de penser qu'elle n'était plus la seule à veiller avec vigilance.

Plus tard dans la nuit, alors qu'une nouvelle rafale de vent s'abattit sur le wagon, le train fit une embardée inattendue. Le téléphone de Liam vibra, mais il garda les yeux fixés à l'extérieur, comme s'il pouvait faire passer la tempête par la seule force de sa volonté. Lorsqu'il le reprit enfin, un rapide coup d'œil lui révéla un message en arabe, tapé à la hâte. Emma, assise à proximité, vit son front se plisser tandis qu'il répondait, la voix tendue et précipitée. Il prétendit commander le service d'étage, mais elle perçut la légère inflexion précipitée dans sa voix et l'échange rapide qu'il tentait de dissimuler. Son cœur s'emballa tandis qu'elle écoutait, notant les mots qu'il répétait sans cesse : « le colis », « la date limite de demain », murmurés comme un secret dans l'obscurité. La lettre de sa grand-mère lui revint à l'esprit, lui apprenant soudainement des vérités tacites. Et si le voyage de Liam et le sien ne concernait pas seulement l'art ou des trésors perdus, mais quelque chose de bien plus dangereux ? Alors que la tempête faisait rage dehors, le doute s'insinua dans ses pensées, s'enfonçant dans ses os.

Emma sentit son estomac se nouer en observant Liam qui bougeait sans cesse. Elle se remémora son passé, ses journées passées à rechercher des indices sur des œuvres d'art contrefaites, ses nuits à échapper à ceux qui cherchaient à la faire taire. Était-elle destinée à tomber aveuglément dans une toile tissée bien avant son arrivée ? Le carnet de croquis, les appels téléphoniques chuchotés, les signaux étranges... Tout cela formait un puzzle qu'elle commençait à peine à comprendre. Le train, qui était autrefois un moyen de fuite éphémère, ressemblait désormais à un piège, et elle se demandait qui était vraiment derrière cette tempête. Était-ce la nature ou quelque chose de plus sombre ? Cette question la rongeait, hérissant les poils de sa nuque. Sa main tremblait légèrement lorsqu'elle referma son carnet de croquis, le poids de son secret pesant sur sa poitrine. Quelque part au-delà de la tempête, le danger rôdait, silencieux, prêt à frapper quand on s'y attendait le moins.

2
Coincée dans le chaos

Le train était immobilisé dans l'obscurité depuis des heures, un silence pesant s'abattant sur les passagers comme un fardeau invisible. Emma regardait autour d'elle, espérant que quelque chose vienne rompre le silence, mais seules les ombres bougeaient dans la lumière vacillante des plafonniers. Elle était recroquevillée sur son siège, son carnet de croquis oublié sur ses genoux, les doigts légèrement tremblants. Chaque bruit semblait amplifié : le grondement lointain de la tempête à l'extérieur, le léger frottement des passagers qui tentaient de trouver une position confortable, le ronronnement discret du moteur qui refusait de redémarrer. Dans la faible lueur de sa solitude retrouvée, Emma sentait l'étrange attraction des ombres qui dansaient le long des murs, comme des secrets inavouables juste hors de portée.

Liam, assis de l'autre côté de l'allée, sentit une tension indéfinissable dans l'air. Son regard s'attarda sur Emma, remarquant que sa mâchoire était crispée et que ses yeux étaient fixés sur un point lointain. Ils avaient peu échangé depuis l'arrêt du train ; il avait senti le mur épais de son silence, une sorte de barrière qu'elle avait érigée. Il était lui-même très nerveux, une douleur familière dans la poitrine lui rappelant qu'aucune curiosité journalistique ne pouvait étouffer le sentiment d'un danger imminent. La tempête faisait rage à l'extérieur, illuminant les rideaux qui flottaient dans le courant d'air par intermittence. Chaque éclair révélait brièvement leurs visages, instantanés d'hésitation et d'incertitude, puis les replongeait dans l'obscurité.

Alors que les minutes s'étiraient comme des heures, Emma remarqua quelque chose d'étrange. Son regard croisa celui de Liam, qui se détourna rapidement, comme s'il ne voulait pas la regarder. Sans s'en rendre compte, elle posa les yeux sur ses mains, qui serraient fermement son carnet. Elle remarqua les légères rides de concentration sur son front, une tension presque palpable qui correspondait à la sienne. Elle se demanda quels secrets il cachait derrière son apparence calme. Quelque part dans l'obscurité de cette pièce silencieuse, sous les couches de leurs propres inquiétudes, une compréhension tacite commença à se former : aucun d'eux n'était seul dans cette obscurité. Des ombres s'étirèrent entre eux, non seulement dans la pénombre, mais aussi dans l'échange silencieux de regards méfiants et de respirations prudentes.

Soudain, un léger cliquetis métallique résonna dans le couloir, les tirant tous deux de leurs pensées. Le cœur d'Emma se mit à battre la chamade. Ses années d'entraînement lui dictaient de rester calme et d'observer. Liam plissa les yeux et s'avança discrètement vers la porte. Dehors, les ombres vacillaient derrière le verre dépoli, comme si elles étaient vivantes. Elle serra son carnet de croquis plus fort, sentant son estomac se nouer sous l'effet d'un mélange étrange de peur et de curiosité. Le hurlement de la tempête à l'extérieur semblait s'estomper, remplacé par un silence presque surnaturel qui rendait chaque respiration plus sonore. Ce n'était pas une tempête ordinaire ; c'était une perturbation, un catalyseur pour ce qui allait se produire. Les ombres n'étaient plus seulement de l'obscurité ; elles étaient le silence qui attendait d'être brisé.

Dans ce silence inquiétant, Liam s'approcha d'elle, sa voix à peine plus qu'un murmure.

« Nous devons rester vigilants », murmura-t-il, les yeux scrutant le couloir, sentant que chaque ombre pouvait dissimuler davantage d'obscurité.

Emma acquiesça lentement, l'esprit envahi de questions. Quel était ce bruit ? S'agissait-il d'une effraction

? Ou était-ce simplement le train qui se stabilisait après des heures d'agitation ? Pourtant, ils avaient tous les deux le sentiment qu'il y avait quelque chose qui n'allait pas sous la surface de cette nuit glaciale, quelque chose qu'ils ne pouvaient pas vraiment nommer. Les ombres s'épaississaient et le silence, lourd d'anticipation, s'étendait. D'une manière ou d'une autre, dans cette immobilité, ils savaient tous les deux que la véritable confrontation n'avait pas encore commencé ; elle était là, dans l'ombre, attendant patiemment le moment de se révéler.

***

La faible lueur de la lampe de lecture projetait de longues ombres sur les parois du compartiment exigu. Emma était appuyée contre la fenêtre, regardant le paysage flou à l'extérieur, chaque ville qui défilait ne laissant qu'un souvenir fugace. Son carnet de croquis reposait sur ses cuisses, ouvert à une page remplie de lignes précipitées et de notes détaillées : non pas de simples gribouillages, mais des plans, des plans qui ressemblaient à des graines sauvages plantées dans un sol incertain. Elle était devenue experte dans l'art de dissimuler sa véritable personnalité derrière un regard calme. Cependant, en observant Liam qui manipulait son téléphone, elle sentait qu'il y avait quelque chose derrière son expression impassible. Le ronronnement silencieux du moteur et le crépitement lointain de la radio étaient leurs seuls compagnons, rappelant qu'ils étaient piégés dans ce cocon métallique en mouvement, entre un passé incertain et un avenir incertain.

Liam leva les yeux de son appareil et jeta un coup d'œil à Emma, qui semblait perdue dans ses pensées. Malgré la tempête qui faisait rage à l'extérieur et le chaos qui les avait réunis, il ressentait une attirance inexplicable. Leurs circonstances respectives les avaient contraints à se retrouver dans cet espace confiné, mais dans cette proximité naissait quelque chose de sincère, une étincelle de connexion dans un moment de danger partagé. Il n'avait jamais cru au pouvoir des histoires, mais celle-ci était là, plus puissante que les mots, et capturait les non-dits, les subtiles vibrations de nervosité et d'espoir qui brillaient dans ses yeux. Son propre cœur battait à tout rompre, dans un étrange mélange d'anticipation et d'épuisement, celui que l'on ressent lorsqu'on marche au bord de l'inconnu.

Soudain, l'attention de Liam fut de nouveau attirée par les croquis d'Emma. Il remarqua la précision des traits, les ombres soigneusement rendues qui laissaient entrevoir plus qu'un simple talent artistique. Sa curiosité professionnelle fut piquée : il ne s'agissait pas de simples croquis réalisés par ennui ou par nervosité. Il s'agissait de dessins architecturaux méticuleux qui indiquaient l'emplacement des caméras de sécurité, des issues de secours et même la position du personnel du train. Emma ferma rapidement le livre, les joues rougissantes, comme si elle avait été prise en flagrant délit de mensonge. Mais ses doigts tremblaient légèrement, la trahissant. L'esprit de Liam s'emballa : y avait-il quelque chose qu'elle ne lui disait pas ? La flamme vacillante de la confiance semblait fragile à présent, mais indéniable, suscitant des questions qui refusaient de s'éteindre. Dans le silence tendu, ils comprirent tous deux que la vérité, une fois révélée, pouvait tout changer.

Le train ralentit brusquement, tanguant dans la

nuit. Dehors, la tempête déchaînait sa fureur, le tonnerre grondant comme une artillerie lointaine. Une voix grésilla dans l'interphone, annonçant d'abord un retard, puis un autre, chaque message étant de moins en moins certain. Les lumières clignotèrent et une atmosphère de malaise s'installa. Emma retint son souffle au milieu du chaos : ils n'étaient plus simplement bloqués, ils étaient pris au piège, sans issue apparente.

Des ombres dansèrent dans les coins du compartiment, et Emma sentit son pouls s'accélérer. Il y avait quelque chose qui n'allait pas, au-delà de la tempête, au-delà du temps. Des inconnus, des amis, voire des visages familiers lui semblaient soudain dangereux, derrière leurs sourires polis. Une vague de terreur la parcourut, son instinct lui soufflant de rester vigilante. Plus tard dans la nuit, alors que la lumière vacillante du couloir éclairait les lieux, Emma aperçut le téléphone de Liam qui brillait dans l'obscurité.

Elle hésita, puis s'approcha, captant le faible écho de sa voix à travers l'écran. Il parlait dans une langue qu'elle ne comprenait pas, rapidement et avec tension. Les mots lui échappèrent : « colis », « délai », « demain ». Son cœur battit à tout rompre tandis que ses pensées se tournaient vers la lettre de sa grand-mère, dans laquelle celle-ci évoquait un trésor caché et des pièces secrètes remplies d'histoire. Y avait-il un lien ? Liam était-il impliqué dans une affaire qu'elle ignorait encore ? Les pièces du puzzle s'emboîtaient comme dans un puzzle qu'elle n'arrivait pas encore à assembler, la remplissant d'un mélange prudent de crainte et de curiosité. Dans cet espace exigu, le poids des secrets pesait lourdement, et aucun d'eux ne pouvait plus prétendre qu'il s'agissait simplement d'un train en retard.

Au petit matin, l'atmosphère dans leur wagon changea, devenant plus froide, plus dangereuse. L'esprit d'Emma était en ébullition. Elle n'était pas seulement restauratrice d'art ; son passé était imprégné d'enquêtes, de déguisements, de fausses identités et de missions secrètes. Le trésor auquel faisait allusion la lettre de sa grand-mère était bien plus qu'une boîte de tableaux ; c'était un ensemble de preuves longtemps cachées, susceptibles de révéler un vaste réseau de contrefaçon d'œuvres d'art remontant à la Seconde Guerre mondiale.

Ses motivations étaient personnelles, motivées par un besoin de clore les choses et de faire justice. Elle pensait que sa quête concernait la mémoire de sa grand-mère, mais elle semblait désormais étroitement liée à son identité même, son objectif étant lié à la découverte des décennies de tromperie. Pendant ce temps, la véritable identité de Liam apparaissait. Son statut de rédacteur de guides de voyage n'était qu'une couverture pour son rôle d'agent infiltré au sein d'Interpol dans la lutte contre le trafic. Les retards, les itinéraires de train... tout cela n'était pas le fruit du hasard.

Ils faisaient partie d'un plan minutieux visant à démanteler un réseau toujours actif depuis les ruines de l'histoire. Ses crises de panique, qui semblaient autrefois inexplicables, prenaient désormais tout leur sens : ce n'était pas seulement le stress, mais les séquelles d'une double vie menée au bord du précipice, où chaque recoin pouvait dissimuler un assassin ou un piège.

Ensemble, dans cet espace confiné de métal et de tempête, ils comprirent que leurs missions se recoupaient comme des fils tissés en une toile indestructible, une toile que leurs ennemis cherchaient à déchirer. La prise de conscience fut brutale : ils n'étaient pas de simples inconnus pris au piège des circonstances, ils étaient des cibles. Les passagers suspects, les conducteurs souriants, même l'aimable inconnu qui leur avait offert un café, tous pouvaient faire partie de ce réseau criminel obscur.

Emma sentit son estomac se nouer en se rappelant les indices subtils : un murmure entendu par hasard, un regard suspect, la façon dont le téléphone de Liam vibrait comme s'il était surveillé. Leurs communications étaient compromises, leurs plans surveillés. Chaque message, chaque pas était surveillé. La vérité les frappa de plein fouet : cette tempête n'était qu'un rideau dissimulant la véritable tempête. Dans l'obscurité, le danger rôdait, silencieux et mortel, attendant qu'ils baissent leur garde. Pendant ce temps, l'esprit d'Emma tournait à toute vitesse, envisageant que l'appartement caché à Montmartre et les passages secrets pouvaient détenir la clé de tout. Mais pour y parvenir, elle devait tout risquer : se retrouver face à face avec le passé qu'elle croyait comprendre et avec la femme qui avait tout orchestré, sa grand-mère.

***

Le train s'arrêta dans un tremblement, et dans la lumière tamisée du wagon, Emma sentit son pouls s'accélérer. Il était tard, et l'arrêt soudain avait transformé l'espace en un cocon de silence, rompu seulement par le ronronnement sourd du moteur qui refroidissait sous leurs pieds. Elle était assise près de la fenêtre, son carnet de croquis posé sur ses genoux, mais son regard était fixé ailleurs, sur l'homme en face d'elle.

Liam la fixait, les yeux plissés, avec une curiosité oscillant entre l'amusement et la prudence, un regard qu'elle voyait rarement, surtout chez des inconnus réunis par hasard. Les doigts d'Emma tremblèrent, hésitant au-dessus de son carnet, mais elle n'hésita qu'un instant avant de l'ouvrir pour révéler ses derniers dessins.

Ses croquis étaient méticuleux, loin des gribouillages précipités que l'on pourrait attendre de quelqu'un de nerveux. Ce n'étaient pas des esquisses architecturales hâtives, mais des plans détaillés de la voiture de train elle-même. Elle avait esquissé les issues de secours, les caméras de sécurité, et même l'emplacement du personnel, le tout avec une précision infaillible. C'était un choix étrange pour quelqu'un qui semblait si calme, et Liam détourna les yeux de son visage pour les poser sur ses croquis, une lueur de suspicion dans le regard.

« Vous êtes artiste ? » demanda-t-il finalement, d'une voix basse mais teintée d'une curiosité qui semblait dépasser la simple politesse.

Emma haussa légèrement les épaules et referma doucement son carnet de croquis.

« Pas exactement. Je dessine pour vider mon esprit, c'est tout. Cela m'aide à me concentrer, surtout dans des situations comme celle-ci. »

Sa voix était calme, mais elle trahissait une pointe de défiance : elle n'était pas prête à en dire davantage pour le moment.

Liam acquiesça, mais une question tacite flottait entre eux, aussi dense que la pluie qui battait doucement contre la fenêtre. Plus tard dans la nuit, alors que le wagon se refroidissait et que le paysage s'estompait dans l'obscurité, Emma surprit Liam qui parlait à voix basse au téléphone. Elle était à moitié enfouie dans son manteau, son carnet de croquis sur les genoux, faisant semblant d'être absorbée par ses notes. Mais son regard se posa sur lui, captant la tension subtile dans sa posture.

Elle écouta, saisissant des bribes d'arabe, une langue qui n'appartenait pas à sa région, mais qui lui semblait familière dans l'atmosphère étrange et tendue du train. La voix de Liam était basse mais pressante, laissant échapper des mots tels que « le paquet » et « le prochain arrêt ». Lorsqu'il eut terminé, il regarda autour de lui, essayant de masquer son propre malaise.

Emma sentit son estomac se nouer. La lettre de sa grand-mère mentionnait un « trésor », quelque chose de caché, de secret. Et si Liam était impliqué dans le même jeu dangereux ? Ses pensées se bousculaient dans son esprit, repassant chaque mot écrit par sa grand-mère, chaque avertissement qu'elle y avait glissé. Elle repensa à ses croquis, qu'elle n'avait pas réalisés comme des œuvres d'art, mais comme des codes, des plans pour quelque chose de bien plus grand. Liam était-il au courant ?

Faisait-il partie de cette toile enchevêtrée ? Son cœur battait à tout rompre dans sa poitrine, alourdi par le poids des vérités tues, et soudain, l'espace entre eux sembla chargé de bien plus que le simple retard. À l'approche de l'aube, le train avançait lentement et l'atmosphère devenait de plus en plus oppressante. Emma gardait les yeux fixés sur la fenêtre, regardant le paysage sombre se fondre dans une teinte grise, dans l'incertitude des dangers qui se cachaient juste au-delà de l'horizon.

Liam se pencha vers elle et baissa la voix de sorte qu'elle puisse à peine l'entendre.

« Ce n'est pas seulement à cause du temps que nous sommes bloqués, dit-il doucement. Il y a autre chose. Je pense que quelqu'un nous surveille. » Il fit une pause, plissant les yeux pour l'observer. « Les croquis... Vous cachez quelque chose, n'est-ce pas ? »

Emma retint son souffle. Le secret qu'elle portait était plus lourd que tous les croquis qu'elle avait jamais réalisés. Elle hésita un instant avant d'acquiescer finalement, l'air sombre.

« Je ne m'appelle pas Emma Clarke. Je travaillais dans l'assurance, en fait, comme enquêtrice. Je traquais les fraudeurs d'art, les œuvres d'art volées pendant la Seconde Guerre mondiale, ainsi que les lettres de ma grand-mère... Ce ne sont pas de simples notes mystérieuses. » Elle fixa Liam du regard, empreint de peur et de détermination. « J'ai passé des années à chercher des preuves qui pourraient démanteler un réseau de voleurs d'œuvres d'art. Le trésor n'est pas constitué d'or ou de bijoux. Ce sont des documents, des preuves d'un crime qui remonte loin dans l'histoire et qui continue de se propager dans le présent. »

Liam écoutait attentivement, une lueur de compréhension traversant son visage. Ses propres secrets étaient juste sous la surface : en apparence simple écrivain de voyage, il était en réalité un agent infiltré travaillant pour Interpol et traquant un réseau de trafiquants d'œuvres d'art volées qui utilisaient le réseau ferroviaire. Les éléments de son histoire correspondaient aux siens, et ils comprirent alors qu'ils s'étaient involontairement croisés. Aucun d'eux ne dit grand-chose pendant un moment, le silence pesant du poids de leurs révélations.

Dehors, la tempête faisait toujours rage, métaphore du chaos qui enveloppait leurs vies, les doutes s'insinuant comme des ombres dans l'obscurité. Le train fit une nouvelle embardée en heurtant un obstacle. À l'intérieur, Emma effleura ses croquis, les plans qui pourraient un jour révéler les secrets qu'elle poursuivait depuis toujours.

Pendant ce temps, l'esprit de Liam tournait à toute vitesse, comprenant qu'ils n'étaient pas de simples passagers. Ils étaient la cible d'un jeu qui les dépassait largement. Leur voyage vers Paris n'était plus seulement une question d'arrivée, mais de survie, de démasquage des mensonges et de découverte de la vérité enfouie sous des couches de tromperie. La tempête à l'extérieur était implacable, tout comme la tempête silencieuse qui se préparait à l'intérieur, entre deux inconnus sur le point de découvrir à quel point leur monde était devenu dangereux.

3
Secrets dévoilés

L'espace confiné du train semblait se rétrécir autour d'Emma alors qu'elle fixait le parchemin défraîchi de la lettre de sa grand-mère. Ses mots, qui étaient autrefois un murmure mystérieux venu du passé, résonnaient désormais avec une clarté qui lui donnait des frissons dans le dos. La mention d'un trésor par sa grand-mère lui était toujours apparue comme une simple métaphore, un héritage familial enfoui sous des couches de secrets. Pourtant, à cet instant, cette métaphore s'est fissurée, révélant quelque chose de bien plus tangible : une histoire de trahison, de résistance et d'archives cachées. Le pouls d'Emma s'est accéléré ; sa rencontre avec le passé ne consistait plus en une vague curiosité, mais une quête dangereuse qui l'entraînait dans des zones d'ombre qu'elle n'avait fait qu'effleurer auparavant.

Liam l'observait avec prudence en face d'elle. La lumière vacillante du plafonnier projetait des ombres sur son visage, soulignant la fatigue gravée dans ses traits. Le monde à l'extérieur de la fenêtre était flou, une tache sombre ponctuée par les lumières lointaines de la ville, tandis qu'une tension palpable

représentant des compartiments secrets et les conversations téléphoniques chuchotées par Liam brossaient le portrait de deux mondes qui s'entrecroisaient, deux enquêtes qui n'en formaient plus qu'une. Sans le savoir, ils étaient tous deux tombés dans un piège : les retards, les arrêts inopportuns... rien n'y était laissé au hasard. Quelqu'un les surveillait. Quelqu'un voulait les faire taire avant qu'ils ne puissent révéler la vérité. Cette prise de conscience commune rendait l'enjeu encore plus important, transformant leur fragile alliance en une bataille contre des ennemis invisibles. Le train, qui était autrefois un moyen de transport, était devenu une prison, et le temps pressait.

La confusion régnait tandis qu'Emma et Liam tentaient de démêler ces nouvelles vérités. Chaque passager, chaque visage familier à bord du train, semblait soudainement suspect. Le conducteur amical, qui souriait si poliment et distribuait des couvertures, pouvait tout aussi bien être un agent secret, dissimulant une drogue dans leur café. Le couple de Français âgés, qui échangeait des salutations chaleureuses et partageait des anecdotes, cachait des secrets plus sombres que les mots. Même l'homme d'affaires apparemment inoffensif qui avait prêté son chargeur de téléphone à Liam pouvait être un agent, un pion involontaire dans un jeu de tromperie bien orchestré. L'esprit d'Emma fonctionnait à toute vitesse, chaque détail lui soufflant que leur sécurité était précaire. Ils devaient agir, et vite, mais le fait de savoir que leurs téléphones avaient été clonés, que tous leurs SMS et tous leurs appels avaient été enregistrés, les rendait impuissants et vulnérables, comme des ombres dans un jeu dont ils ne voyaient même pas les règles.

Poussée par un mélange de peur et de défiance, Emma serra son sac, sachant que l'appartement de Montmartre les attendait, tel un refuge évoqué dans les lettres de sa grand-mère, où secrets et vérités s'entremêlaient dans des couloirs sombres et des pièces cachées. Cette forteresse secrète, construite par sa grand-mère pendant la Résistance, n'était pas un simple refuge, mais un coffre-fort rempli de preuves. C'est là que se trouvaient les documents qui pouvaient démanteler toute l'organisation criminelle et révéler la vérité sur l'implication de sa famille dans des crimes remontant à plusieurs décennies. Toutefois, à chaque minute qui passait, Emma comprenait qu'ils ne se contentaient pas de rechercher des reliques, mais qu'ils étaient engagés dans une course contre ceux qui étaient prêts à tuer pour garder leurs secrets enfouis. Le train approchait de sa destination, et avec lui, le moment où tout allait s'effondrer.

***

La faible lumière de l'appartement de Montmartre se reflétait doucement sur les archives couvertes de poussière et les peintures défraîchies qui tapissaient les murs. Des ombres dansaient sur le visage de Liam tandis qu'il fixait l'écran de son téléphone dont la lueur vacillante illuminait l'inquiétude gravée sur ses traits. À cet instant, il savait que tout s'effondrait plus vite qu'il ne pouvait le contrôler. Son secret, son autre vie, n'était plus caché sous la surface : il était exposé aux yeux de tous, tel un fragile bateau en papier prêt à couler sous le poids de la vérité. Le silence était lourd et suffocant, tandis que les implications de ses activités secrètes pesaient sur lui comme un poids de fer. Il avait toujours cru pouvoir maintenir ses deux mondes séparés, mais à présent, ils s'entrechoquaient avec une force implacable.

Des souvenirs de filatures nocturnes, de conversations chuchotées sur des quais de métro sombres et d'échanges précipités lui revinrent en mémoire. Pendant des années, il avait tissé une toile de mensonges – déguisements, fausses identités, dettes payées dans l'ombre –, et cette existence clandestine lui était devenue aussi familière que respirer. Pourtant, ce soir, tout était sur le point de basculer. Le regard perçant d'Emma, sa détermination inébranlable et ses questions tacites le faisaient se sentir exposé comme jamais auparavant. Pouvait-elle entrevoir la vérité ? Son intuition avait-elle détecté le renard qui se cachait derrière son apparence calme ? Son cœur battait à tout rompre, chaque battement faisant écho au risque réel : si elle découvrait son secret, leurs deux vies seraient irrémédiablement changées.

Il ne pouvait pas l'abandonner maintenant. Son instinct lui criait que révéler la vérité était peut-être le seul moyen de les sauver tous les deux d'une destruction imminente. De l'autre côté de la pièce, Emma retint son souffle en l'observant, l'esprit en ébullition. La voix de Liam lui avait semblé étrange tout à l'heure, sèche et prudente, comme s'il cachait quelque chose.

Elle avait capté des bribes de leur conversation, des mots comme « colis » et « date limite », des termes étrangers prononcés avec une urgence qui ne correspondait pas à un écrivain voyageur. Elle n'y avait pas prêté attention au début, attribuant cela au stress ou à un malentendu, mais plus elle l'observait, plus elle avait le sentiment qu'il n'était pas simplement un homme ordinaire pris dans une série de retards de train.

Les croquis qu'elle avait vus plus tôt dans la nuit lui semblaient désormais encore plus sinistres en raison de leur précision détaillée : des notes précises sur les caméras de sécurité, les issues de secours connues, une carte minutieuse des points faibles du train. Son instinct lui disait que Liam n'était pas simplement un voyageur, mais qu'il était impliqué dans quelque chose de bien plus sombre que ce qu'ils avaient imaginé. Puis l'appel arriva, un moment troublant où le téléphone de Liam vibra brusquement dans le silence.

Il répondit rapidement, la voix de l'autre bout du fil était basse et précipitée. Emma tendit l'oreille pour entendre les mots. Elle saisit quelques bribes : «le colis », « urgent », « demain ». Ses yeux brillèrent d'inquiétude et il s'excusa précipitamment, la laissant seule dans la pièce sombre. Emma serra son carnet de croquis, l'esprit envahi par les questions. Liam faisait-il partie du même réseau qu'elle était en train de traquer ? Ce retard était-il un piège astucieux ou simplement de la malchance ? La lettre de sa grand-mère lui semblait soudain plus lourde que jamais, un indice cryptique au sein d'un réseau de mensonges et de danger. Elle sentit son estomac se nouer et son esprit s'empressa de rassembler les maigres informations qu'elle possédait sur Liam, l'homme en qui elle avait appris à avoir confiance, mais dont elle remettait désormais en question les agissements, même si elle ne l'aurait jamais admis.

Au fur et à mesure que la nuit avançait, un sentiment de malaise s'installa dans l'appartement tel un épais brouillard. Emma se déplaçait sans bruit, les doigts tremblants, tandis qu'elle examinait la petite pile de documents qu'elle avait cachés dans la poche de son manteau. Les pièces du puzzle s'assemblaient avec une clarté troublante : l'identité véritable de Liam, son rôle d'agent infiltré, ses liens avec des réseaux internationaux de contrebande qui trafiquaient des œuvres d'art volées via des itinéraires ferroviaires secrets. Son cœur battait à tout rompre :

toute sa mission, son héritage, et peut-être même sa vie dépendaient de sa capacité à faire confiance à cet homme ou à déterminer s'il n'était qu'un pion de plus envoyé pour la tromper. Chaque minute semblait s'étirer, chaque battement de cœur lui rappelant qu'ils n'étaient plus deux étrangers perdus à Paris, mais deux âmes traquées prises au piège d'un jeu dangereux. Les murs semblaient se refermer sur eux, tandis qu'à l'extérieur, la ville lumière brillait, indifférente à la tempête de secrets qui se préparait à l'intérieur.

***

Le petit morceau de papier froissé tremblait entre les doigts tremblants d'Emma, jauni par le temps mais résistant aux années. Il était soigneusement glissé dans le vieux journal intime relié en cuir de sa grand-mère, un lien fragile avec un passé qu'elle commençait seulement à comprendre. Une forte odeur de poussière et d'encre délavée emplit l'air lorsqu'elle déroula la lettre dont les bords étaient déchirés après avoir été cachés pendant des années. Chaque mot semblait vibrer d'une urgence silencieuse, murmurant des secrets enfouis dans les ombres de l'histoire. Les yeux d'Emma parcoururent l'écriture, tremblant lorsqu'elle réalisa qu'il s'agissait de la calligraphie délicate de sa grand-mère. Chaque lettre était une pièce d'un puzzle qu'elle ne savait pas encore assembler.

Elle s'assit en silence dans la lumière tamisée de l'appartement de Montmartre, entourée des reliques du passé de sa famille : des tableaux, de vieilles photographies et l'écho lointain de pas disparus depuis longtemps. La lettre faisait allusion à une rencontre clandestine et à un trésor secret caché sous les rues qu'ils avaient parcourues tant de fois sans le savoir. Son cœur battait à tout rompre alors que les implications prenaient tout leur sens : il ne s'agissait pas seulement d'une relique perdue, mais de découvrir la vie cachée de sa grand-mère, un réseau de mensonges tissé pendant la guerre et maintenu en vie pendant des décennies. Emma pouvait sentir le poids de l'histoire peser sur elle, les fantômes du passé lui murmurer à l'oreille, la poussant à découvrir ce qui avait été délibérément dissimulé.

Chaque mot, chaque tache d'encre semblait l'attirer vers des vérités enfouies sous des couches de mensonges et de silence, souillées par le sang de secrets trop longtemps gardés. Sur la table en bois lisse reposait une vieille photo légèrement défraîchie et usée sur les bords. Elle la représentait jeune et féroce, debout à côté d'une ruelle étroite de Montmartre, le visage déterminé. Au dos, un mot écrit à la hâte : « Lis ».

Les doigts d'Emma frôlèrent la lettre, tremblants d'anticipation. La lettre l'avait conduite ici, dans une ville remplie d'histoires longtemps refoulées, des histoires qui menaçaient maintenant d'exploser dans sa vie. En suivant du doigt l'image de sa grand-mère, Emma sentit un frisson la parcourir. Ce n'était pas un héritage ordinaire. C'était un héritage dangereux, une chaîne de mensonges qui s'étendait sur plusieurs générations, avec sa grand-mère au cœur de l'affaire. Emma savait que découvrir la vérité la plongerait dans un monde rempli d'ombres et de dangers, et qu'elle risquerait tout ce qu'elle avait laissé derrière elle. Et pourtant, l'envie de résoudre le mystère, de relier les points, était plus forte que jamais, la propulsant dans une nuit dont elle ne pourrait peut-être jamais s'échapper.

Soudain, son téléphone vibra, brisant le silence comme un coup de poignard. Son cœur bondit et sa main se tendit instinctivement. L'écran s'illumina pour afficher un message provenant d'un numéro inconnu :

« On vous surveille. Ne faites confiance à personne. » Son esprit s'emballa immédiatement : le timing était trop parfait. S'agissait-il d'un avertissement ? Ou un piège ? Son pouls s'accéléra sous le poids du soupçon. Elle se souvint des paroles de Liam concernant le danger qu'il avait senti dans le train, ainsi que des conversations énigmatiques qu'il avait entendues dans la nuit. Était-il impliqué dans tout cela ? Ou était-ce elle ? Chaque pensée était un tourbillon de doutes et de craintes qui la conduisait à une conclusion inévitable. Les ombres dans la pièce semblaient s'épaissir, et le moindre murmure attirait son attention. Elle serra la lettre contre elle, sentant le contact froid du papier fragile la ramener à la réalité au milieu de la tempête de questions qui l'assaillait. Quelque part dans l'obscurité, des yeux invisibles l'observaient, attendant le moindre de ses mouvements, une menace tacite rôdant juste au-delà de son champ de vision. Emma savait qu'elle ne pouvait plus échapper à la vérité. Il était temps de suivre les indications de la lettre, de plonger dans les profondeurs de Montmartre,

au cœur du mystère, et peut-être vers un danger mortel.

4

Révélations dans la nuit

La faible lueur d'un réverbère projetait des ombres vacillantes sur les pavés irréguliers de Montmartre. Emma avançait silencieusement, le souffle court et le cœur battant la chamade. Chaque pas la rapprochait de l'appartement dont sa grand-mère lui avait parlé à voix basse. Il était caché derrière un faux mur, des tunnels secrets qui serpentaient sous les vieilles pierres. Elle serrait contre elle un petit étui en cuir usé contenant la preuve que sa grand-mère avait juré être la vérité, et son salut. L'air était chargé d'anticipation, chaque craquement du plancher résonnant comme un battement de cœur dans le silence.

À l'intérieur, l'obscurité l'enveloppa comme une vieille amie. Tandis qu'elle avançait dans l'obscurité, une lampe de poche à la main, ses yeux parcourant la dense tapisserie de photographies, de notes manuscrites et de cartes collées sur les murs écaillés, elle songea que cette pièce était comme une vieille amie qui l'attendait. Elle avait l'impression qu'on l'observait, une ombre se dissimulant juste au-delà du bord fragile de son champ de vision. Tous ses nerfs étaient en alerte, chaque molécule de son corps consciente du danger qui se cachait derrière le silence apparent.

Ce n'était pas une cachette ordinaire, mais une forteresse, construite au fil des décennies par une femme qui savait effacer ses traces. Emma s'avançait maintenant directement dans la toile de secrets de sa grand-mère. Soudain, un léger clic résonna dans la pièce, un son qui trancha le silence comme un couteau. Emma se figea, le cœur battant la chamade. Dans l'obscurité, une silhouette s'avança, calme et déterminée. Margot Dubois.

Emma sentit un frisson la parcourir lorsqu'elle comprit que sa grand-mère était en vie et qu'elle l'avait attendue tout ce temps. Les yeux de Margot brillaient d'un mélange froid de fierté et de menace, tandis qu'un sourire narquois esquissé, ses lèvres.

« Vous êtes venue de loin, Emma », murmura-t-elle d'une voix douce comme de la soie, mais tranchante comme de l'acier. « Mais vous n'êtes pas encore prête à connaître toute l'histoire. Pas avant que je vous montre ce que j'ai protégé toutes ces années. »

L'esprit d'Emma tournait à toute vitesse, essayant d'assimiler cette révélation. Le visage de Margot était marqué par la résistance et la trahison, celui d'une femme qui avait traversé l'histoire sans jamais perdre pied.

« Pourquoi ? » parvint-elle à murmurer, la voix tremblante. « Pourquoi m'avoir caché tout cela ? »

Le sourire de sa grand-mère s'élargit, à la fois tragique et triomphant.

« Parce que je devais vous protéger », répondit-elle. « De vous-même et d'eux. La vérité est dangereuse, Emma. Bien plus que vous ne le pensez. »

La pièce sembla soudain se refermer sur Emma, le poids de l'histoire pesant sur ses épaules. Des documents, des photographies et des artefacts étalés sur les tables témoignaient de décennies de crimes cachés, méticuleusement conservés et longtemps dissimulés.

Elle tendit la main, les doigts tremblants, et effleura un journal relié en cuir. Les pages détaillaient des transactions, des réunions secrètes et des noms: des personnalités puissantes qui avaient utilisé les ancêtres d'Emma et les actions de sa grand-mère comme des pions dans un jeu plus vaste. Les pièces du puzzle s'assemblèrent : ce n'était pas seulement le secret de sa famille, c'était un réseau fondé sur le mensonge, le vol et le sang.

La voix de Margot rompit à nouveau le silence pesant, empreinte de gravité.

« Vous avez cherché quelque chose qui pourrait renverser des empires, Emma. Les tableaux, les arc hives... ce n'est que la surface. Le véritable trésor se trouve en dessous, dans ces documents. Chaque accord, chaque trahison, chaque pièce volée... tout sera dévoilé. Si vous osez dévoiler ces secrets, tout pourrait être détruit, vous compris. Ou cela pourrait enfin rétablir la justice. »

L'esprit d'Emma tournait à toute vitesse. Sa mission avait toujours été motivée par le désir de vérité, mais elle se révélait maintenant être un jugement dernier, qui menaçait leurs liens déjà fragiles et sa compréhension de toute son histoire. Elle regarda sa grand-mère, la femme qu'elle avait admirée, trahie par son propre passé, enveloppée dans des ombres qui s'étendaient sur plusieurs générations. Les enjeux n'avaient jamais été aussi élevés. Dans un souffle lourd, Emma serra les poings, consciente que cette découverte pouvait tout changer et que le temps pressait.

***

Dans la pénombre de l'appartement de Montmartre, le cœur d'Emma battait à tout rompre, comme celui d'un prisonnier désespéré d'être libéré. Ses doigts tremblaient tandis qu'elle fouillait parmi les documents jaunis dissimulés sous une brique mal fixée dans le mur. Fragiles, jaunis par le temps, ils regorgeaient de secrets : des dossiers détaillant des œuvres d'art volées, des transactions codées et des noms qui faisaient écho à l'histoire sombre de sa famille.

Depuis des années, elle soupçonnait que le passé mystérieux de sa grand-mère était bien plus que de simples rumeurs et histoires partagées, mais maintenant, avec ces documents entre ses mains, la vérité prenait vie sous ses yeux. C'était le véritable trésor : la preuve qui pourrait enfin dévoiler le vaste réseau de voleurs d'œuvres d'art, de collaborateurs nazis et de marchands illicites qui prospéraient dans l'ombre depuis des décennies.

Pendant ce temps, Liam se tenait tranquillement près de la porte, observant Emma avec un mélange d'admiration et de malaise. Son esprit tournait à toute vitesse, assemblant les fragments de son univers caché. Sa couverture de rédacteur en voyage l'avait protégé des soupçons pendant assez longtemps, mais ici, au milieu des secrets de Montmartre, sa fausse identité était en train de s'effriter. Son rôle au sein d'Interpol était plus que clandestin ; c'était une danse dangereuse sur une corde raide tendue au-dessus d'un gouffre de trahison. Chaque mot prononcé, chaque regard échangé semblait chargé de la menace qui pesait sur eux tous. Liam savait que leur découverte n'était que le début et que les ombres qui se cachaient sous le vernis romantique de la ville avaient déjà jeté leur long et sombre filet sur eux.

Puis, la voix d'Emma rompit le silence, tremblante mais résolue.

« C'est... c'est ce que ma grand-mère a risqué sa vie pour cacher. Ces dossiers ne sont pas seulement des dates et des noms, ce sont les preuves de tout ce contre quoi elle s'est battue. Le réseau d'art, les connexions nazies, tout. Si nous pouvons révéler tout cela au grand jour, nous pourrions mettre fin à des années de corruption, restaurer ce qui a été volé... et enfin démêler le mensonge qui hante ma famille depuis des générations. »

Liam s'approcha, les mâchoires serrées.

« Et quel est le plan maintenant ? Nous ne pouvons pas rester ici indéfiniment. Margot a peut-être quelqu'un qui surveille cet appartement, attendant que nous agissions. »

Les mots restèrent suspendus dans l'air, lourds de craintes inexprimées qu'une confrontation soit imminente. Les ombres semblaient se rapprocher, impatientes de dévoiler des secrets qu'il valait mieux laisser dans l'ombre.

Soudain, un léger mouvement dans le couloir, un murmure de pas, les fit se figer tous les deux. Emma écarquilla les yeux, scrutant l'embrasure de la porte où une ombre vacillait, une silhouette tapie juste au-delà de la faible lueur d'un réverbère qui filtrait à travers la fenêtre. Elle retint son souffle. Liam chercha instinctivement son téléphone, mais l'écran resta noir, lui rappelant cruellement que leurs communications avaient été compromises. La panique la parcourut, mais elle se ressaisit.

« Ils savent que nous avons découvert quelque chose », murmura-t-elle d'une voix tremblante, mêlant peur et détermination. « L'empire de Margot est plus vaste que nous le pensions. Nous n'avons plus beaucoup de temps. »

Pendant un instant, leurs mondes vacillèrent au

bord du chaos, chaque battement de cœur résonnant comme un roulement de tambour dans une symphonie périlleuse, signalant que l'heure du Jugement dernier approchait et que la bataille pour la justice était sur le point d'éclater au grand jour.

***

Le train tremblait sous leurs pieds sous la violence de la tempête qui frappait les fenêtres. Les ombres vacillaient de manière irrégulière, projetant des formes déformées qui dansaient sur le visage anxieux d'Emma.

Ses doigts se crispèrent sur son manteau, chaque respiration mêlant l'odeur du tissu humide à une peur grandissante. C'était comme si la nuit était devenue un labyrinthe tournoyant vers une destination inconnue, chaque minute semblant plus longue que la précédente. Liam était assis en face d'elle, la mâchoire serrée sous le poids des secrets qu'il refusait de révéler. La lumière vacillante révélait les rides tendues de son visage, souvenirs qu'il souhaitait oublier. Son regard se posa sur Emma qui, la main tremblante, griffonnait quelque chose à la hâte dans un cahier usé. Dans cet instant, il ressentit une étrange affinité, un fardeau commun sous leurs apparences différentes, même s'ils n'osaient pas l'admettre. Alors que les secondes s'étiraient en minutes, le crayon d'Emma traçait des lignes rapides et complexes, les contours flous d'un bâtiment, d'une gare, de compartiments cachés. Ses mains bougeaient avec détermination, trahissant le calme qu'elle s'efforçait désespérément de conserver. Liam ne put s'empêcher de se pencher en avant, les yeux plissés, pour observer son travail. Il y avait une telle intensité dans ses traits qu'on aurait dit qu'elle dessinait non seulement une architecture, mais aussi sa propre psyché fragile, essayant de garder la tête hors de l'eau au milieu du chaos. Dans le silence qui suivit, Emma finit par poser son crayon, le regard fixé sur ses croquis.

Elle murmura doucement, presque pour elle-même, à propos de la nécessité et du besoin de contrôle dans un monde à la dérive. Le regard de Liam s'attarda plus longtemps cette fois-ci, lisant les lignes comme des mots silencieux, sentant qu'elles racontaient des histoires bien plus profondes que ce qu'elles laissaient paraître. Dehors, la tempête faisait rage, une force primitive faisant écho à leurs propres secrets tumultueux, menaçant de déchirer le mince vernis de civilité auquel ils s'accrochaient désespérément.

Plus tard dans la nuit, alors qu'une accalmie venait rythmer leur voyage mouvementé, Emma remarqua que Liam était au téléphone, parlant doucement dans une langue qui ne lui était pas familière, peut-être l'arabe, ou quelque chose d'assez proche pour éveiller ses soupçons. Elle fit semblant de se concentrer sur ses croquis, mais les mots attirèrent son attention alors qu'elle était assise dans la faible lueur de la lumière du plafond. Des mots tels que « colis » et « délai de demain » flottaient dans son esprit comme les pièces d'un puzzle qui s'assemblent.

Son cœur battait à tout rompre, réalisant que le puzzle était plus grand, plus dangereux qu'elle ne l'avait initialement pensé. La lettre de sa grand-mère lui revint à l'esprit, lui semblant soudain lourde et inquiétante, et la possibilité d'une coïncidence se dissolvant en une véritable crainte. Et si le trésor disparu n'était pas seulement une légende, mais la clé d'une chose bien plus sombre ? Elle observa Liam dont le visage était tendu, laissant entrevoir un fardeau caché, des secrets masqués derrière son propre silence tremblant. Le train, autrefois simple moyen de transport, semblait désormais être le décor d'une pièce sinistre, son calme brisé par les assauts incessants de la tempête. Ce moment marqua un tournant : une prise de conscience tacite s'installa entre eux. Emma remet en question tout ce qu'elle croyait savoir, et Liam, prisonnier de ses propres mensonges, se demande s'il trouvera le salut dans la vérité ou s'il sera englouti par elle.

Alors que la pluie martelait la coque métallique du wagon et que le tonnerre grondait au loin, ils restèrent assis, prisonniers d'un silence lourd d'anticipation et de danger, chacun se demandant s'il pouvait faire confiance aux ombres qui se cachaient dans cette nuit chaotique. Le poids des secrets était lourd, menaçant de les exposer dans l'obscurité avant l'aube, et aucun d'eux ne savait ce qui émergerait des ténèbres lorsque la tempête se calmerait enfin.

5
Le danger guette

Dans le wagon, le cliquetis rythmé du train résonnait doucement, un bruit qui semblait étrangement banal compte tenu de l'importance de l'enjeu. Emma était assise près de la fenêtre, les yeux fixés sur le paysage flou qui défilait, mais son esprit était ailleurs, concentré sur les indices subtils qui l'entouraient. Tous les passagers semblaient plongés dans leur propre monde, mais Emma savait que des agents secrets pouvaient se cacher derrière n'importe lequel de ces visages sans histoire. Ses sens s'étaient aiguisés au fil des années passées à mener des enquêtes, mais aujourd'hui, dans le silence du train, la tâche lui semblait encore plus ardue. Elle restait détendue, mais ses doigts s'agitaient involontairement, prêts à saisir son sac en cas de besoin. L'une de ses principales missions consistait à déchiffrer la tension palpable dans ces quelques secondes, à distinguer les innocents des dangereux dans ce microcosme en mouvement, reflet des zones d'ombre de l'Europe.

De l'autre côté de l'allée, Liam observait les passagers d'un regard plus détendu, mais son instinct restait en alerte. Ses années passées comme reporter de guerre lui avaient appris à lire les visages et le langage corporel comme une langue à part entière, à déceler les mensonges cachés derrière les sourires polis ou les tics nerveux qui trahissaient une conscience coupable. Il avait le sentiment que certains d'entre eux n'étaient pas de simples voyageurs de passage, mais les acteurs d'un jeu bien plus important qu'un train en retard. La dame silencieuse qui serrait son sac à main, l'homme qui lisait le journal avec une concentration méticuleu se... Chaque détail pouvait être un indice à déchiffrer. Liam se pencha subtilement en arrière, plissant les yeux pour scruter leurs expressions, à la recherche de cette lueur, de cette hésitation qui pourrait révéler une personne travaillant contre eux. Leur sécurité dépendait de ces petits détails, de leur capacité à capter des murmures dans un wagon bondé où chaque mot pouvait être un piège ou un appel à l'aide.

Soudain, le wagon s'inclina lorsque le train ralentit, et un grincement inquiétant annonça un nouvel arrêt. Emma sentit son estomac se nouer ; le retard n'était plus seulement dû à la météo. La tempête s'était transformée en barricade, bloquant leur seule issue. Mais derrière son appréhension se cachait autre chose : un instinct qui lui soufflait que ce n'était pas simplement de la malchance. Elle se souvint des paroles de sa grand-mère :

« Ne fais confiance à personne. Surveille tout le monde. » Ces mots résonnaient dans son esprit tandis qu'elle observait les passagers s'agiter nerveusement, les yeux baissés ou s'interpellant avec insistance. Elle remarqua le couple de Français âgés qui chuchotaient précipitamment derrière leurs mains, échangeant des mots qu'elle ne pouvait pas entendre. Même le conducteur serviable, avec son sourire émaillé et son ton enjoué, semblait jouer un rôle : dans quelle mesure sa gentillesse était-elle sincère ? Emma serra son sac plus fort, sentant le poids du soupçon s'alourdir sur ses épaules. Quelque part dans ce wagon se cachait une menace, parmi ces personnes qui semblaient inoffensives, et elle devait la trouver avant qu'il ne soit trop tard.

***

Le wagon du train ronronnait doucement, un

bourdonnement familier qui masquait les battements de plus en plus rapides de la peur qui martelait la poitrine d'Emma. Ses doigts tremblaient tandis qu'elle fixait son téléphone, éteint et muet, et une sueur froide perlait sur son front. Quelques instants plus tôt, elle avait parlé à Liam, leurs voix étouffées par des grésillements, mais soudain, son appareil s'était éteint, complètement compromis. C'était comme si le silence lui-même avait dévoré la connexion, effaçant les moments de réconfort dont ils avaient tant besoin.

Chaque bip, chaque glissement de doigt lui semblait désormais un pas de plus vers le danger qui la guettait juste au-delà de son champ de vision périphérique. Emma savait que son téléphone n'était pas seulement un outil ; c'était une fragile bouée de sauvetage, et maintenant, il était cassé, potentiellement infiltré et entièrement à la merci d'ennemis invisibles. Son cœur battait à tout rompre dans sa poitrine, un tambourinement incessant de peur qui refusait de s'apaiser.

De l'autre côté de l'allée, Liam l'observait avec prudence. Son propre téléphone affichait un message inquiétant :

« Appareil désactivé ».

Il comprit immédiatement qu'il ne s'agissait pas d'un simple problème technique. Quelqu'un avait accédé à leurs appareils, infiltré leurs défenses numériques et les avait rendus inutilisables. Ce n'était pas une coïncidence. Ils avaient baissé leur garde pendant un instant, bercés par un faux sentiment de sécurité au milieu du chaos causé par les retards et les doutes qui s'étaient insinués dans leur esprit. À présent, cette imprudence menaçait tout. Leurs plans pour communiquer et coordonner leurs prochains mouvements venaient d'être sabotés. Liam serra les mâchoires et serra les poings. Ils avaient dépassé le stade de la simple prudence ; ils étaient désormais complètement exposés, vulnérables à un réseau de prédateurs silencieux qui se cachaient dans les appareils mêmes censés les protéger.

Emma balaya le wagon du regard, à la recherche d'éventuels signes de surveillance de la part des opérateurs. Elle se souvenait du sourire amical du conducteur, de la conversation chaleureuse du couple de personnes âgées, de l'attitude désinvolte de l'homme d'affaires... Tout cela lui semblait désormais être une façade. Elle comprit alors que tous les passagers de ce train pouvaient travailler pour eux ou contre eux.

Le visage amical qui leur avait offert son aide n'était peut-être qu'un pion dans un jeu complexe. Son esprit revint rapidement sur le passé d'Emma : ses années d'enquêteuse l'avaient souvent amenée à comprendre la psychologie de la tromperie, mais elle se retrouvait maintenant impliquée dans sa forme la plus dangereuse. Ses doigts tapotaient nerveusement sur ses genoux, essayant instinctivement de redémarrer son téléphone, mais l'écran restait noir. Elle comprenait maintenant. Celui qui avait fait cela savait tout : chaque plan, chaque mouvement, chaque information stockée dans leurs poches, dans leurs vies, dans leurs téléphones.

Les lumières vacillantes au-dessus de leurs têtes projetaient des ombres qui dansaient sur les murs, s'allongeant à chaque seconde qui passait. Emma murmura doucement, plus pour elle-même que pour quiconque :

« Ils sont à l'intérieur. »

Les mots résonnèrent lourdement dans l'espace confiné.

Liam se pencha vers elle, la voix rauque mais déterminée.

« Pouvons-nous essayer de changer d'appareil ? Ou

cela risquerait-il d'empirer les choses ? »

Emma secoua la tête, son esprit passant rapidement en revue les différentes options. Les portes du wagon cliquetèrent faiblement, laissant échapper les bruits de la gare. Dehors, la pluie tombait à verse, tel un rideau implacable qui se moquait de toute velléité de fuite. Celui qui avait piraté leurs téléphones était probablement en train d'écouter. Il attendait le moment propice pour frapper. Leur ennemi connaissait chacun de leurs mouvements, chacun de leurs mots, chacune de leurs hésitations. C'était le genre de menace qui faisait dévier les regards et battre les cœurs à toute allure, comme si des mains invisibles tenaient désormais leur destin entre leurs doigts crispés.

Cette prise de conscience était comme un poids qui appuyait sur la poitrine d'Emma, lui coupant le souffle. Leurs certitudes de longue date quant à la sécurité de ce voyage s'étaient évanouies en un instant. Ils ne pouvaient faire confiance à personne, pas même au personnel aimable ou aux autres passagers avec qui ils avaient partagé des histoires et des cafés. La technologie qui leur avait semblé si fiable les trahissait désormais, offrant à l'ennemi une faille parfaite. Emma repensa à ses récentes conversations, aux secrets qu'elle croyait bien gardés : les notes de sa grand-mère, les appels secrets de Liam, les croquis qu'elle avait cachés dans son sac. La froide réalité s'imposa à elle : leurs téléphones compromis signifiaient que tout était exposé, que tous leurs secrets risquaient d'être divulgués à ceux qui étaient prêts à tout pour les faire taire.

Ils avaient été trahis, non pas par un ennemi dans l'ombre, mais par les outils mêmes qui étaient désormais des armes pointées directement sur leurs vulnérabilités. Dans le silence oppressant qui suivit, Emma sentit un picotement dans sa nuque. Un léger craquement, presque imperceptible, s'échappa de son oreillette, le seul lien qui la reliait encore à Liam. Affolée, elle leva la main pour essayer de l'entendre plus clairement, mais la communication était coupée.

Pendant un instant, tout sembla figé dans le temps : le rythme de la pluie sur le toit, le ronronnement étouffé du wagon, ses pensées qui s'emballaient. Puis, lentement, une silhouette se déplaça dans l'ombre, une silhouette qu'elle n'avait pas remarquée auparavant. C'était le conducteur, qui avançait délibérément vers eux d'un pas subtil mais calculé. Son regard s'attarda un peu trop longtemps. Faisait-il partie de ce réseau ? Son esprit tournait à toute vitesse tandis qu'elle l'observait, se rappelant à quel point il semblait tenir fermement le service à café, et que son sourire ne la touchait jamais. Soudain, l'obscurité à l'extérieur de la voiture devint oppressante, se refermant sur eux comme les parois d'un piège. Emma serra les poings sur l'accoudoir de son siège. Elle savait avec une certitude sinistre que son appareil n'était pas seulement compromis, mais qu'il avait été transformé en arme. Et si son téléphone pouvait être piraté et surveillé, son esprit, ses mouvements, tout ce qu'elle essayait de protéger pouvait l'être aussi. Le jeu était désormais une question de survie, joué avec des ficelles invisibles qui se resserraient, et les enjeux n'avaient jamais été aussi élevés.

***

Les ruelles étroites de Montmartre semblaient serpenter comme un labyrinthe, les ombres projetées par les vieux arbres tordus créant des taches d'obscurité vacillantes sur les pavés. Emma avançait prudemment, scrutant les rues tranquilles, sentant le poids de son secret enfoui sous des couches de poussière et de temps. Elle serrait contre elle un petit carnet relié en cuir dont la faible lueur d'un réverbère lointain éclairait les croquis fanés dessinés à la hâte — des détails que personne n'aurait remarqués, mais qui, elle le savait, étaient au cœur de sa mission.

Chaque pas la rapprochait de l'appartement que sa grand-mère avait autrefois considéré comme son refuge, mais ce soir-là, il ressemblait davantage à une forteresse. L'immeuble lui-même était sans prétention de l'extérieur : une petite façade en pierre patinée par le temps, avec une plaque oubliée et une porte en bois qui grinçait. Les doigts d'Emma tremblaient lorsqu'elle plongea la main dans la poche de son manteau pour chercher la petite clé en métal que sa grand-mère lui avait laissée.

Elle avait été transmise de génération en génération par des femmes discrètes, chacune y ajoutant sa propre couche de protection et de dissimulation. L'air était chargé d'anticipation, une étrange accalmie qui pesait comme un orage sur le point d'éclater. Elle hésita un instant avant de tourner la clé, et la porte s'ouvrit en grinçant, laissant échapper un gémissement qui résonna doucement dans le silence.

À l'intérieur, l'appartement était une véritable capsule temporelle. Des grains de poussière flottaient paresseusement dans les rares poches de lumière lunaire qui filtraient à travers les fenêtres partiellement condamnées. Les murs étaient recouverts de papier peint décollé et déchiré par endroits, laissant apparaître des fresques murales défraîchies, témoins cachés d'une vie vécue dans l'ombre. Emma enjamba avec précaution les papiers éparpillés, les vieilles photographies et les œuvres d'art abandonnées qui semblaient murmurer les secrets d'une époque révolue depuis longtemps.

Alors qu'elle s'enfonçait dans l'obscurité, son regard se posa sur un étroit escalier en colimaçon qui descendait dans les ténèbres. C'était le sanctuaire secret de sa grand-mère, les chambres souterraines où s'entremêlaient autrefois des histoires de résistance, de trahison et d'or volé. Son cœur se mit à battre plus vite lorsque l'odeur âcre du papier ancien et de la pierre humide lui envahit les narines. Chaque craquement du bâtiment semblait amplifié, lui rappelant qu'elle pénétrait dans un espace oublié depuis longtemps.

Emma arriva au bas de l'escalier et s'arrêta, passait la

main sur le mur de briques froides. La petite lampe de poche qu'elle tenait révéla une porte cachée, dissimulée derrière un faux mur qu'elle reconnut rapidement grâce aux croquis précipités de sa grand-mère. Après avoir pris une inspiration calculée, elle repoussa les briques effritées, dévoilant un passage étroit qui menait aux pièces secrètes sous Montmartre, là où le passé de sa grand-mère et son présent se rencontraient.

L'air se refroidit à mesure qu'Emma avançait, ses pas résonnant doucement. Le couloir débouchait sur une pièce plus grande, éclairée par de faibles bougies et la lueur vacillante de flammes lointaines. Des étagères remplies de dossiers poussiéreux, de catalogues d'art et d'étranges gadgets tapissaient les murs. Ici, dans cette forteresse cachée, Emma sentait le poids des siècles, les murmures de ses ancêtres imprégnés dans chaque pierre et chaque ombre. Prudemment, elle s'approcha d'une table en bois abîmée, encombrée de dossiers et de photographies défraîchis. Ses doigts tremblèrent lorsqu'elle toucha une photo en noir et blanc de sa grand-mère, jeune femme souriant au milieu du chaos. En dessous, un registre détaillait des transactions illicites, des itinéraires de contrebande et des accords secrets. Les indices étaient là depuis le début, témoins silencieux d'un réseau de tromperies qui menaçait désormais de tout dévoiler.

Soudain, un léger bruit la fit se figer. Une silhouette sombre émergea de l'ombre, avançant lentement et délibérément, les bottes lourdes frappant le sol en pierre. Emma retint son souffle lorsqu'elle reconnut la posture de la silhouette, sa façon de se tenir, le reflet de l'arme à ses côtés. Tous ses instincts se mirent en alerte. Alors que la silhouette se rapprochait, Emma recula instinctivement dans un coin, serrant son carnet contre elle. Le visage apparut : celui d'un inconnu, mais qui se déplaçait avec l'aisance de quelqu'un qui connaissait bien les lieux, qui connaissait intimement ces profondeurs. Elle réalisa avec effroi qu'elle n'était pas seule dans cette obscurité. Le danger rôdait dans chaque recoin sombre, silencieux, patient, attendant le bon moment pour frapper.

Alors que la tension était palpable, son esprit s'emballa. S'agissait-il d'un voleur ? Un enquêteur comme elle ? Ou pire, quelqu'un envoyé pour la faire taire à jamais ? Son regard balaya la pièce, à la recherche d'une issue cachée ou d'un outil qui pourrait lui permettre de renverser la situation. Soudain, l'inconnu prit la parole d'une voix grave et rauque, la faisant sursauter.

« Vous ne devriez pas être ici. »

Les mots étaient simples, mais leur ton était inquiétant, comme si les ombres elles-mêmes approuvaient. Tout, depuis les archives de sa grand-mère jusqu'aux passages secrets, en passant par son espoir tremblant, convergeait vers cet instant. Le cœur battant la chamade, Emma réalisa qu'elle avait franchi une ligne, qu'elle était entrée dans un monde où la trahison, les secrets et la mort dansaient à proximité, et qu'il n'y avait plus aucun moyen de faire marche arrière.

6
Trahison et tromperie

Le train fit une embardée soudaine, le métal grinçant sous la tension alors qu'il prenait un virage trop serré. Le cœur d'Emma battait à tout rompre dans sa poitrine, mais elle garda les yeux fixés sur la fenêtre, feignant un calme qu'elle ne ressentait pas. Dehors, les lumières de la ville clignotaient comme des flammes lointaines s'éteignant dans l'obscurité, lui apportant une promesse tacite de sécurité qu'elle craignait être un mensonge.

Liam se cala dans son siège, l'observant avec une curiosité prudente, alors que ses propres nerfs étaient tendus sous son apparence calme. Aucun d'eux ne savait que le danger qui les guettait était bien plus grand que la tempête : ils étaient pris dans une toile tissée bien avant de monter dans ce train, et maintenant, elle se resserrait autour de leurs chevilles.

Le vieux téléphone portable que Liam tenait dans sa main vibra silencieusement, son écran clignotant pour signaler un message qu'il ignora délibérément. Son esprit tournait à toute vitesse, sachant que chaque mot, chaque appel pouvait être surveillé, écouté par des yeux invisibles. Emma s'agita sur son siège, les doigts tremblants, serrant le petit carnet en cuir rempli de croquis et de notes. L'encre avait coulé sous l'effet de la sueur, mais les dessins représentant le plan du train et les mesures de sécurité étaient précis : elle savait que ces détails n'étaient pas de simples gribouillages. Liam lui jeta un regard furtif, sentant sa tension, mais ne dit rien, continuant de surveiller la porte à l'affût du moindre signe de danger.

Soudain, le train ralentit, provoquant une secousse brutale qui les fit se redresser tous les deux. Les lumières clignotèrent au-dessus de leurs têtes, projetant des ombres qui dansaient comme des spectres dans le wagon. Emma se raidit, se souvenant de l'étrange lueur dans les yeux du conducteur plus tôt dans la journée. Il avait été trop accommodant, trop désireux de les mettre à l'aise, comme s'il cachait quelque chose derrière son apparence amicale. Liam serra la mâchoire ; il avait reconnu le piège. Son instinct lui disait que ce retard n'était pas une coïncidence. La fureur de la tempête n'était qu'une diversion : ces retards, cet enchevêtrement de petits problèmes techniques et d'écrans de fumée faisaient tous partie d'un plan plus vaste, dans lequel ils s'étaient involontairement engagés. Et quoi qu'il leur arriverait à Paris, cela se rapprochait peut-être déjà.

Dans la pénombre de la cabine, Emma reporta son regard sur ses croquis. Instinctivement, sa main traça les lignes d'une issue de secours, un petit détail qu'elle avait remarqué plus tôt. Chaque trait lui semblait être un indice, une pièce du puzzle destinée à les maintenir en vie... ou à les éliminer. Liam remarqua sa concentration et se pencha vers elle pour baisser la voix.

« Vous ne vous contentez pas de gribouiller pour vous réconforter », murmura-t-il.

Les épaules tendues, Emma hésita avant de répondre.

« C'est juste par sécurité », répondit-elle rapidement, trop rapidement.

Mais il n'était pas convaincu. Dans son métier, les signes subtils indiquaient toujours quelque chose de caché sous la surface. Ils savaient tous les deux qu'ils marchaient dans un champ de mines : un faux pas de trop pouvait déclencher une explosion à laquelle ils ne survivraient pas.

Puis des voix se firent entendre, faibles mais distinctes, provenant du téléphone que Liam tenait à la main. Ses yeux s'écarquillèrent lorsqu'il lut silencieusement les messages qui clignotaient sur l'écran, des messages qui révélaient plus qu'une simple conversation. Il avait échangé discrètement des codes avec un contact inconnu, des détails soigneusement cryptés mais indubitablement urgents. Sa couverture était en train de tomber. Les mots « le colis » et « la date limite de demain » lui donnèrent des frissons dans le dos. Emma remarqua le changement soudain dans son comportement et se raidit. Une terrible prise de conscience la frappa : leur course-poursuite dans les ombres de Paris n'était plus seulement une enquête, c'était devenu une course contre des ennemis invisibles qui connaissaient tous leurs secrets. Tout ce qu'ils croyaient comprendre n'était qu'un mensonge enveloppé dans une tromperie.

Dehors, la tempête continuait de battre sans relâche, frappant la voiture comme une bête vengeresse. À l'intérieur, la tension était si palpable qu'elle aurait pu être coupée au couteau. L'esprit d'Emma s'empressa de relier les points : la lettre de sa grand-mère, les œuvres d'art volées, la silhouette sombre à qui Liam parlait... Tout indiquait une dangereuse conspiration qui remonterait aux recoins les plus sombres de l'histoire. Son passé d'enquêteuse refit surface avec une clarté urgente : il ne s'agissait pas seulement de tableaux volés ou de trésors cachés. Il s'agissait d'ennemis prêts à tuer pour garder leurs secrets enfouis, des ennemis qui surveillaient sa famille depuis des décennies. Avec un sentiment de terreur grandissant, Emma comprit que son plan pour rester cachée était désormais impossible. Elle était trop impliquée, et la fausse évasion qu'ils avaient espérée n'était que le prélude à la véritable bataille qui les attendait.

***

Le crissement soudain du train fit sursauter Emma, dont le cœur battit au rythme des rails sous ses pieds. Dehors, la lueur orange vacillante des lampadaires épars projetait de longues ombres sur les voies désertes. La vérité la frappa comme un coup de poing : ce retard n'était pas naturel. Quelqu'un l'avait orchestré. Elle fixa Liam, dont le regard, d'ordinaire calme, était maintenant animé d'une lueur de suspicion. Tous ses nerfs étaient à vif tandis que le murmure des conversations et des pas lointains résonnait dans le silence. Les minutes s'étiraient en une éter nité angoissante, quand Emma effleura sa poche, sentant le poids rassurant des documents cachés. Son esprit tournait à toute vitesse, rassemblant les pièces du puzzle : les secrets de sa grand-mère, les œuvres d'art volées, le danger qui rôdait dans l'ombre.

Liam, quant à lui, était inhabituellement silencieux, scrutant le couloir sombre du wagon du regard comme s'il s'attendait à une embuscade. Soudain, le bruit des pas se fit plus fort, se rapprochant rapidement. Emma retint son souffle. Ils n'étaient plus seuls.

Une silhouette se découpa dans l'obscurité, calme mais imposante. C'était Margot, la voix insaisissable de sa grand-mère dissimulée derrière un masque de cuir froid.

« Vous pensez que c'est une coïncidence ? » murmura-t-elle d'une voix tranchante comme une lame. « Les retards ? Les interruptions ? Tout cela fait partie du plan. »

Emma sentit un frisson lui parcourir l'échine, son esprit aux prises avec la trahison. Le regard de Margot se posa sur Liam, puis se fixa sur Emma, un sourire cruel se dessinant sur ses lèvres.

« Vous deviez être arrêtés. Tout comme les autres. »

La réalité frappa avec une brutalité implacable

: Margot ne s'était pas contentée de se cacher, elle avait orchestré tout cela depuis l'ombre. Le monde d'Emma s'écroula lorsque les pièces du puzzle qu'elle avait tant lutté pour assembler s'emboîtèrent soudainement. Le calme apparent de Liam se fissura pendant une fraction de seconde, laissant entrevoir une lueur de colère et de désespoir. Emma serra fermement ses notes, consciente que leur seule chance était de déjouer sa grand-mère et de retourner sa propre trahison contre elle. Mais Margot était d'une assurance inébranlable, sa présence enveloppant la voiture comme une tempête sur le point d'éclater.

Sans prévenir, une porte s'ouvrit brusquement et une troupe de policiers, l'air sombre, investit la voiture. Ils firent irruption, armes à la main, l'air sombre. Le cœur d'Emma battait à tout rompre tandis qu'elle fixait Liam, cherchant à déchiffrer son expression. Était-il complice ? La réponse vacilla dans ses yeux : il menait son propre combat, tout aussi pris au piège qu'elle. Margot, cependant, refusait de se rendre. D'un geste rapide, elle révéla un petit appareil crypté serré dans sa paume.

« Vos ruses d'intrus ne vous sauveront pas », siffla-t-elle. « J'ai trop longtemps préparé ce moment. »

Emma jeta un regard vers Liam, qui se raidit soudainement. Elle y lut une lueur, comme un serment caché : ne faire confiance à personne, surtout pas à ses prétendus alliés.

Alors que la confrontation s'intensifiait et que les sirènes se rapprochaient, Emma comprit que la bataille pour les secrets de sa grand-mère et pour sa propre vie n'était que le début. Le train, une bête métallique prise dans une tempête de mensonges, se dirigeait vers une collision inévitable. Quelque part dans ce chaos, son combat pour dévoiler la vérité était sur le point d'atteindre son paroxysme, et l'obscurité qui l'enveloppait promettait de mettre à l'épreuve chaque once de son courage.

***

L'air parisien était lourd autour d'Emma et Liam qui se dépêchaient dans les rues faiblement éclairées, où les ombres vacillaient sous les lampadaires sporadiques. Leur soi-disant évasion était une illusion soigneusement planifiée, destinée à gagner du temps et à semer ceux qui les poursuivaient. Mais alors qu'ils tournaient au coin d'une ruelle étroite, le téléphone de Liam vibra de manière inquiétante dans la poche de son manteau. Un message apparut à l'écran :

« Ils sont sur nous. »

Les battements de leur cœur s'accélérèrent, et le pouls d'Emma battait si fort qu'il couvrait le bourdonnement lointain de la ville. Chaque pas les rapprochait du sanctuaire caché qu'ils croyaient avoir atteint, mais une suspicion tenace leur disait que le piège se refermait autour d'eux. Dans le silence qui suivit, Liam jeta un rapide coup d'œil en arrière et aperçut une silhouette suspecte se cachant dans l'ombre.

L'individu les observait, immobile, le visage dissimulé sous une capuche sombre. Emma agrippa le bras de Liam, le désespoir se lisant dans ses yeux.

« L'appartement, murmura-t-elle d'un ton pressant. Il doit être sûr. La forteresse de Margot. »

C'était un endroit qu'elle avait découvert grâce aux notes énigmatiques de sa grand-mère : un ancien complexe souterrain caché sous Montmartre et rempli de passages secrets qu'elle avait autrefois empruntés pendant la guerre.

Mais à chaque pas qu'ils faisaient dans cette direction, un poids s'abattait sur elle, comme si le sol lui-même se retournait contre eux. Ils savaient qu'ils ne couraient pas exactement vers un refuge, mais plutôt vers un piège à chaque inspiration. Soudain, le téléphone de Liam se mit à sonner d'un son aigu et strident. L'appelant indiquait « Interpol », et Liam hésita un instant avant de répondre, la voix tendue.

« Liam, écoutez-moi attentivement », dit la voix pressante de son supérieur. « Votre position a été compromise. Quelqu'un nous a fourni des informations. Vous n'êtes pas en sécurité, ni à Paris ni ailleurs. »

Emma écarquilla les yeux en comprenant la gravité de la situation. Il ne s'agissait plus seulement d'une fuite, mais d'un jeu de tromperie, d'une partie d'échecs où chaque pion représentait une menace. À cet instant, Liam comprit la vérité effrayante : l'influence de Margot était bien plus grande qu'ils ne l'avaient imaginé. Quelqu'un dans leurs propres rangs avait trahi, et maintenant, la ville qui semblait autrefois être leur refuge était devenue un labyrinthe de mensonges et de trahisons. Cette prise de conscience le frappa comme un coup de poing : chaque pas, chaque décision était désormais une question de survie, et l'obscurité se refermait sur eux de toutes parts.

7
Affronter le passé

La faible lumière d'une ampoule vacillante projetait de longues ombres sur les étagères encombrées de
l'appartement. De vieilles photographies recouvertes
de poussière, des lettres jaunies et des documents fragiles s'échappaient de mallettes en cuir, dévoilant des
secrets oubliés. Emma fouilla soigneusement parmi
les bouts de papier, ses doigts tremblants lorsqu'elle
découvrit un journal relié en cuir sur la couverture
duquel était gravé le nom de Margot.

Chaque page qu'elle tournait lui donnait l'impression de démêler un fil étroitement enroulé de sa propre vie, un nœud emmêlé de demi-vérités et de mensonges longtemps gardés secrets. L'air s'épaissit de sus-
pense, comme si les murs eux-mêmes retenaient leur
souffle, dans l'attente que tout s'effondre.

Alors qu'Emma dévorait les notes manuscrites,
l'histoire de Margot se dévoilait avec une clarté
choquante. Elle apprit que sa grand-mère avait été
bien plus qu'une simple figure de la Résistance. Margot avait joué sur les deux tableaux : elle avait collaboré
avec les cercles artistiques pillés par les nazis, puis avait
secrètement fait passer des chefs-d'œuvre volés par le
biais de réseaux clandestins. Emma sentit son estomac

se nouer : l'image qu'elle avait de Margot s'effondrait. À chaque secret révélé, les illusions qu'elle entretenait sur l'intégrité de sa famille volaient en éclats, ébranlant sa détermination. Elle fixa une photo défraîchie collée sur une page : une jeune Margot dans une pose révolutionnaire, les yeux brûlants de conviction. Dans son esprit, elle se transforma désormais en une femme animée par une cupidité et une ruse bien trop grandes pour son âge.

Dans l'ombre, Liam l'observait, sentant la tourmente émotionnelle qu'elle traversait. Il resta silencieux, son esprit tournant à toute vitesse pour comprendre les implications. Les révélations d'Emma rendaient sa propre mission encore plus urgente : il s'agissait de bien plus que d'œuvres d'art volées ou de secrets de famille. L'histoire de Margot était un labyrinthe enveloppé de tromperie, et démêler cette affaire pourrait être la clé de tout : la justice, la vérité, le salut. Tout en douceur, Liam tendit la main et posa une main sur l'épaule d'Emma, la stabilisant alors qu'elle luttait contre une vague de colère et de chagrin. L'air entre eux s'épaissit d'une compréhension tacite : tous deux s'accrochaient à des fragments d'une vérité commune et dangereuse qui liait leur avenir par des fils de trahison et de rédemption.

Elle leva les yeux, les larmes brillant dans son regard, mais sa voix était ferme.

« Elle a utilisé son travail dans la Résistance comme couverture », murmura Emma. « Toutes ces années, elle a dissimulé ses crimes derrière une façade héroïque. Le trésor, ces archives, ce ne sont pas que des papiers, c'est une carte. Une carte qui l'amènerait à tout ce qu'elle a enterré. Mais pourquoi maintenant ? Pourquoi me montrer tout cela ? »

Liam l'étudia attentivement.

« Parce que quelqu'un de son entourage ne veut pas que ces secrets soient révélés. Je pense que Margot s'est protégée, elle et son empire, tout ce temps, peut-être même en comptant sur le temps pour effacer ses traces. Mais maintenant, son passé refait surface. Et si nous avons raison, ce qu'elle cache pourrait bien anéantir tout ce qu'elle a construit. »

Sa voix n'était qu'un murmure, mais chaque mot résonnait comme un ordre : le début d'un combat dangereux et difficile. Soudain, un faible bruit retentit dans le couloir, comme un frottement hésitant et discret. Emma se figea, serrant son manteau autour d'elle pour se protéger. L'instinct de Liam s'aiguisa :

quelque chose n'allait pas. Il s'avança vers la porte et jeta un œil à travers l'interstice du cadre.

Une ombre bougea, légèrement mais délibérément. Il lui fit signe de rester en arrière, puis s'approcha. Son cœur battait à tout rompre dans ses oreilles tandis qu'il collait son oreille contre le bois mince. Des murmures, des mots échangés à voix basse qui lui donnèrent des frissons dans le dos :

« Elle est sur notre piste », murmura une voix qu'il reconnut sans hésiter. « Nous ne pouvons pas nous permettre la moindre erreur maintenant. Surveillez. »

Le pouls de Liam s'accéléra. Ils n'étaient pas seuls dans cette maison. Les secrets de la famille Margot s'étendaient dans l'ombre, et quelqu'un d'autre était venu boucler le cercle, avec des intentions cachées mais mortelles.

Emma retint son souffle. Son regard se porta sur la porte et son esprit s'activa pour relier les pièces du puzzle. Qui se trouvait de l'autre côté ? S'agissait-il d'un allié loyal ou de la proie qu'ils recherchaient, quelqu'un qui pourrait les dénoncer ? Chaque seconde qui s'écoulait était comme un compte à rebours, chaque respiration un fragile espoir qu'ils ne soient pas complètement pris au piège. Des ombres se pressaient aux limites de son champ de vision tandis qu'elle serrait le bras de Liam et murmurait d'une voix pressante :

« Nous devons partir. Maintenant. »

Le poids de son passé se heurtait à la menace du présent : les péchés enfouis de sa famille prêts à exploser et sa propre survie en jeu. Dehors, la nuit noire se pressait contre les fenêtres, comme un témoin des secrets qui se cachaient à l'intérieur, attendant de révéler son dernier atout.

***

La lumière dans l'appartement de Montmartre vacillait faiblement, projetant des ombres mouvantes sur les murs recouverts de livres poussiéreux, de photographies défraîchies et de croquis énigmatiques. Emma avançait prudemment, le cœur battant la chamade, chaque pas résonnant dans le silence des secrets longtemps enfouis. Chaque recoin semblait murmurer des histoires de tromperie, de vérités cachées sous des couches de temps et de trahison.

Alors qu'ils plissaient les yeux pour examiner les preuves éparpillées dans la pièce (documents, photographies et un registre taché par le temps), Liam et Emma réalisèrent qu'ils se trouvaient au bord d'une découverte bien plus importante qu'ils ne l'avaient imaginé : une toile tissée de décennies de mensonges. L'air était lourd et étouffant, comme si les murs eux-mêmes se souvenaient des crimes commis ici, attendant que quelqu'un ait le courage de les dévoiler.

Soudain, un léger clic brisa le silence, un bruit trop délibéré pour être une coïncidence. Emma se figea, son instinct prenant le dessus. Elle chercha la source du bruit, sentant une soudaine agitation parcourir la pièce. Liam tendit instinctivement la main vers son téléphone, mais hésita ; quelque chose n'allait pas. Un panneau caché s'ouvrit sous une planche mal fixée, dévoilant un passage étroit et sombre. Emma retint son souffle. C'était précisément ce dont sa grand-mère avait parlé dans ses notes énigmatiques : des tunnels secrets construits par des membres de la Résistance pendant la Seconde Guerre mondiale, aujourd'hui transformés en un labyrinthe d'ombres dissimulant les secrets les plus sombres de sa famille.

Liam s'avança, la voix à peine audible :

« Cela change tout. Nous avons trouvé ce qu'ils cachaient depuis toutes ces années. »

La peur et la détermination brillaient dans leurs yeux alors qu'ils s'apprêtaient à descendre dans l'inconnu, le poids de l'histoire pesant sur leurs épaules.

Alors qu'ils franchissaient le seuil de l'obscurité, l'air se rafraîchit et leurs pas résonnèrent comme un tonnerre lointain. Les murs du tunnel étaient humides et glissants à cause de l'âge et de la négligence, mais ils étaient couverts de symboles et de marques gravés à la hâte, vestiges de réunions clandestines et de plans désespérés. Les doigts d'Emma effleurèrent une inscription effacée, et son esprit se mit à vagabonder en se remémorant les histoires qu'elle avait découvertes, se retrouvant désormais au cœur même des péchés de sa famille. Dans une petite alcôve, quelque chose brillait faiblement : un journal intime relié en cuir, sans prétention, dont les pages jaunies par le temps étaient remplies de notes méticuleuses. Liam écarquilla les yeux en l'ouvrant avec précaution, découvrant des registres détaillés d'œuvres d'art volées, de transactions et de noms qui n'apparaissaient pas dans les registres officiels.

La vérité qu'elle tenait entre ses mains était une

boîte de Pandore ; l'histoire de son héritage, le sombre passé qu'elle avait nié pendant des années, resplendissait désormais sous ses doigts. Emma retint son souffle en voyant l'écriture de sa grand-mère, audacieuse, précise et inébranlable. En feuilletant les pages, elle découvrit une carte, redessinée avec précision, indiquant une série d'emplacements cachés et de compartiments secrets disséminés dans tout Montmartre.

Elle comprit alors que tout l'héritage de sa famille était fondé sur la tromperie, une forteresse de mensonges dissimulant un vaste réseau d'œuvres d'art volées, de routes de contrebande et de trahisons. Son esprit tournait à toute vitesse, imaginant les implications de cette découverte ; les secrets soigneusement gardés par sa grand-mère reliaient son passé à cet empire clandestin qui prospérait dans l'ombre depuis des décennies. Chaque révélation renforçait le nœud d'angoisse dans son estomac. Tandis que Liam examinait les documents, un nouveau sentiment d'utilité le submergea.

Ensemble, ils détenaient des preuves qui pouvaient renverser un empire, révéler une corruption de longue date et enfin rendre justice à ceux qui avaient été réduits au silence pendant trop longtemps. Soudain, un faible bruit résonna dans les échos naturels du tunnel, comme des pas approchant dans l'obscurité. Emma se raidit et se plaqua instinctivement contre le mur, serrant le journal contre elle.

Liam glissa discrètement la main dans son manteau, tous ses sens en alerte. Ils échangèrent un rapide regard : ils n'étaient pas là par hasard. Quelqu'un d'autre était là, tapi dans l'ombre. Leurs yeux balayèrent le passage, des ombres bougeant juste au-delà de la lueur de leurs lampes torches. Le cœur d'Emma battait à tout rompre, tandis que son esprit s'efforçait de comprendre la menace. Chaque seconde qui passait semblait s'étirer à l'infini, le silence entre chaque pas devenant de plus en plus angoissant. Les passages secrets qu'ils croyaient être des vestiges du passé ressemblaient désormais à des trappes, des secrets qui pouvaient les trahir à tout moment. Le poids de son héritage, les années de mensonges familiaux, lui semblaient soudain étouffants, la clouant sur place tandis que le bruit des pas se rapprochait, réduisant la distance qui les séparait de leur sanctuaire.

***

Dans la pièce faiblement éclairée, l'air semblait épais, chaque respiration résonnant des secrets de plusieurs siècles. Les doigts d'Emma tremblaient tandis qu'elle fouillait dans les documents jaunis que sa grand-mère avait cachés, découvrant des archives méticuleuses qui racontaient des histoires qu'elle n'avait jamais entendues. Chaque page était une pièce d'un puzzle : des noms rayés, de l'encre maculée, mais indéniablement liés. Son cœur battait à tout rompre, chaque révélation l'entraînant plus profondément dans une histoire mêlée de trahison, d'héroïsme et de tromperie.

C'était comme si elle avait découvert une carte, non seulement d'œuvres d'art volées et de pièces cachées, mais aussi de sa propre lignée, qu'elle commençait à peine à comprendre. À chaque découverte, Emma sentait son identité tout entière se transformer. La vie secrète de sa grand-mère, membre de la Résistance, était plus qu'un écho lointain, elle était ancrée dans ses veines. La femme qu'elle croyait connaître, Margot Dubois, avait mené une double vie pendant des décennies.

Les archives détaillaient des réunions clandestines, des transactions secrètes et une série de pseudonymes qui resplendissaient tels des fantômes de son passé. Emma fixa son reflet dans le verre terni d'une petite photo encadrée ; soudain, le calme apparent qui la caractérisait masqua un tumulte de questions. Quelle part de son enfance avait été construite sur des demi-vérités ? Pouvait-elle se fier au faible battement de son sang qui la rattachait à ce monde obscur ?

Dans un coin de la pièce, un journal relié en cuir, recouvert de poussière, restait intact. Emma hésita avant de l'ouvrir, l'odeur du papier ancien l'envahissant. Alors qu'elle passait ses doigts sur l'écriture effacée, un nom sauta à ses yeux : François. Elle avait déjà vu cet homme sur les photos de sa grand-mère. Il avait un regard perçant et il était réputé pour ses transactions clandestines. Les pages révélaient des messages codés, des dates et des références cryptiques à des opérations s'étendant sur plusieurs continents et plusieurs décennies. Le pouls d'Emma s'accéléra. Il ne s'agissait pas seulement d'art ou d'un trésor. Il s'agissait d'un héritage de trahison qui avait façonné toute sa famille, la véritable histoire de sa grand-mère, enfouie sous des couches de mensonges et de silence. Quelque part dans l'encre délavée se trouvait une vérité qui pouvait tout changer, si seulement elle parvenait à la déchiffr-er.

Le poids de sa découverte s'alourdit lorsqu'Emma découvrit un compartiment secret dissimulé derrière une fausse doublure dans le journal. À l'intérieur, une petite photo déchirée révélait une femme ressemblant à sa grand-mère, mais avec un visage différent, plus jeune, féroce, méconnaissable dans son portrait élégant. Une lettre fragile, adressée à « Emma » et écrite à la hâte, était également là. Chaque mot faisait allusion à un passé qu'elle ignorait, laissant entrevoir des réponses enfouies au plus profond de l'appartement de Montmartre. La lettre mentionnait une « clé » et un « coffre-fort », mais évoquait également un danger imminent si elle ne faisait pas preuve de prudence dans ses recherches. Les mains d'Emma tremblaient lorsqu'elle comprit que sa quête de la vérité ne se limitait pas à la découverte de secrets de famille, mais qu'elle pouvait révéler un empire dangereux qui prospérait dans l'ombre depuis des générations.

À la lueur vacillante des bougies, Paris murmurait ses secrets. Les rues étroites, pavées d'histoire et d'ombres, semblaient battre au rythme de la vie clandestine de ses ancêtres. Emma se représenta sa grand-mère, jeune et intrépide, se faufilant dans les ruelles ou se glissant dans des passages secrets sous Montmartre pour échapper à la capture. Plus Emma en découvrait, plus il devenait évident que le sol sur lequel elle se trouvait était un labyrinthe du passé de sa famille, un réseau complexe de passages, de portes dissimulées et de pièces secrètes construites pour cacher bien plus que des œuvres d'art volées. Son esprit s'emballait à l'idée des possibilités qui s'offraient à elle. Et si l'appartement lui-même était un coffre-fort ? Une forteresse gardant des secrets capables de renverser des personnalités puissantes et de révéler des générations de trahisons ? Elle ressentit le frisson de la découverte et le froid du danger, sachant que chaque pas la rapprochait du cœur de son héritage, et de ceux qui étaient prêts à tuer pour le garder caché.

Elle se concentra davantage en se remémorant les paroles de sa grand-mère :

« La vérité est enfouie sous les couches du temps, attendant que quelqu'un ait le courage de la mettre au jour. »

Emma prit une décision. Les mains tremblantes, elle glissa plusieurs documents dans son sac, consciente qu'elle devait agir rapidement. Des ombres dansaient dans la pièce tandis qu'elle cherchait les points d'entrée décrits par sa grand-mère. Le silence de l'appartement semblait palpiter d'anticipation. Quelque part à proximité, un léger craquement résonna, peut-être une vieille planche ou quelque chose de plus sinistre. Le pouls d'Emma s'accéléra. Elle serra les poings, prête à affronter tout ce qui l'attendait. D'une manière ou d'une autre, elle avait le sentiment que les dernières pièces du puzzle étaient à portée de main et qu'elles révéleraient enfin toute l'histoire des liens cachés de sa famille, entremêlés de mensonges et de sang.

8
La forteresse de Montmartre

Une faible lueur provenant d'une bougie vacillante éclairait l'étroit tunnel sous Montmartre, projetant des ombres dansantes sur les murs de pierre irréguliers. Emma retint son souffle tandis qu'elle et Liam avançaient à pas feutrés, étouffant leurs pas sous des décennies de poussière et de silence. Chaque craquement résonnait comme un secret prêt à être dévoilé, le poids de l'histoire pesant sur leurs épaules. L'air était épais, un mélange d'odeurs de vieilles briques fanées et de quelque chose de plus sombre, des dangers inexprimés qui se cachaient juste au-delà de leur champ de vision. Leurs lampes de poche clignotaient faiblement, éclairant un labyrinthe de couloirs qui semblait respirer au rythme du cœur ancien du bâtiment.

Emma s'arrêta à une bifurcation dans le passage, les doigts tremblants, tandis qu'elle suivait du bout des doigts d'vagues gravures sur le mur, des symboles que sa grand-mère lui avait montrés sur des photos défraîchies. Elle appuya sa paume contre la surface rugueuse, sentant le contour d'une porte cachée derrière des couches de plâtre.

Liam examina les marques, les yeux plissés par la

curiosité.

« On dirait une carte », murmura-t-il d'une voix étouffée mais pressante.

Emma comprit alors que ces tunnels n'étaient pas seulement des réserves, mais des passages secrets délibérément creusés, et un frisson la parcourut. Elle savait que ces passages étaient essentiels. Construits pendant la guerre, ils formaient un réseau squelettique qui cachait bien plus que des reliques : ils recelaient des vérités qui pouvaient tout changer.

Lorsqu'Emma poussa doucement la porte dissimulée, celle-ci s'ouvrit dans un grincement réticent, révélant un espace sombre. À l'intérieur, il faisait plus froid et l'air était chargé d'une odeur d'humidité et de souvenirs longtemps enfouis. Des ombres vacillantes révélaient peu à peu des objets empilés au hasard : des tableaux volés, des documents poussiéreux et des objets métalliques rouillés qui brillaient d'un éclat prometteur et dangereux. Le cœur d'Emma battait à tout rompre lorsqu'elle effleura du bout des doigts un tissu déchiré portant le monogramme effacé du groupe de résistance de sa grand-mère. Il y régnait une énergie silencieuse, un pacte tacite qui avait résisté à des décennies. Liam observa autour de lui, explorant le labyrinthe de pièces cachées, chacune racontant des histoires de trahison, de courage et de dissimulation.

Soudain, un clic retentit derrière eux, faible mais indubitable. Emma se retourna, le pouls battant à tout rompre. Le visage de Liam se durcit lorsqu'il sortit son téléphone, mais l'écran resta noir, comme avalé par une force invisible.

« Ils nous ont piratés », murmura-t-il, la voix tendue par l'incrédulité et la peur. « Nos téléphones... Ils sont sous surveillance. Tout est surveillé : chaque message, chaque mouvement... »

Emma serra les poings, bouillonnant de frustration. Chaque pas vers la vérité les rapprochait du danger, et ils savaient désormais que le réseau de Margot s'étendait bien au-delà de l'art ancien et des passages secrets. Les murs eux-mêmes semblaient se refermer sur eux pour murmurer des avertissements de trahison et rappeler que quelqu'un, quelque chose, était déterminé à garder ce secret à tout prix.

À ce moment-là, le regard d'Emma se fixa sur une sacoche en cuir usée, dissimulée derrière une pierre mal fixée. Elle tendit la main, puis la retira, les doigts tremblants. À l'intérieur, elle découvrit un paquet de vieux papiers, des photographies et une petite boîte décorée. Les documents portaient l'écriture de sa grand-mère : des relevés de transactions, des noms, des dates, tous méticuleusement codés, révélant une histoire plus sombre qu'Emma n'aurait jamais pu imaginer. Les photographies montraient des œuvres d'art volées et les signatures de personnalités puissantes : des fonctionnaires corrompus, des marchands d'art et des criminels impliqués dans une conspiration vieille de plusieurs décennies. Liam écarquilla les yeux en découvrant les preuves, comprenant peu à peu ce qui se passait. Sous la surface de ces humbles tunnels se cachait une histoire de cupidité, de tromperie et de secrets de famille qui risquait de faire s'effondrer un réseau de corruption et de trafic d'œuvres d'art volées.

Soudain, un mouvement à l'extérieur de la pièce les fit sursauter. Des ombres vacillaient à la périphérie de leur champ de vision, des silhouettes se glissant silencieusement dans le passage. Le cœur d'Emma se serra lorsqu'elle aperçut un éclat métallique : une silhouette armée s'approchait furtivement. Liam jura entre ses dents et tira instinctivement Emma derrière lui tandis que la porte se refermait sur leurs intrus. Dans ce silence étouffant, Emma comprit avec effroi qu'ils avaient révélé trop de secrets. Quelqu'un savait qu'ils étaient là, et il ne restait plus qu'une question de temps avant que les murs ne se referment complètement sur eux. Le tunnel sous Montmartre était plus qu'un refuge, c'était un piège, prêt à enfermer ceux qui étaient assez courageux pour chercher la vérité. Emma serra les poings, consciente que ce qu'ils avaient découvert pouvait soit justifier, soit détruire tout ce pour quoi ils se battaient. Leur combat ne faisait que commencer, et les ombres qui s'étendaient devant eux promettaient que le danger était plus grand qu'ils n'avaient jamais craint.

***

Dans la lumière tamisée qui filtrait à travers les rues étroites et sinueuses de Montmartre, Emma et Liam étaient accroupis derrière un amas de caisses empilées au hasard dans une ruelle sombre. Ils respiraient par saccades, le poids de leur découverte pesant lourdement sur leurs épaules. Chaque pas léger ou cri lointain les faisait sursauter, leur rappelant à quel point la frontière entre la sécurité et l'catastrophe était mince.

Emma passait en revue toutes ses connaissances en matière de sécurité des œuvres d'art, tandis que Liam scrutait les environs, répertoriant toutes les issues possibles. Ils savaient que la forteresse de Margot – ses passages secrets, ses pièces cachées – était à leur portée, mais chaque instant qui passait les rapprochait de l'échec de leur plan.

Elle sortit un carnet usé, froissé par des mois de gribouillages, et le feuilleta jusqu'à la page des croquis qu'elle avait réalisés pendant leur voyage. Les tunnels souterrains de Montmartre, les chambres secrètes et les trappes obscures y figuraient tous. Liam l'observa, percevant la détermination dans ses yeux, assombrie toutefois par une lueur de doute. Ils étaient allés trop loin pour laisser Margot leur échapper maintenant. Son esprit passa en revue les informations limitées qu'ils avaient réussi à rassembler : une conversation entendue par hasard, une voix distinctive sur un enregistrement, et la reconnaissance effrayante du nom de sa grand-mère. Leur objectif était clair : pénétrer dans ces chambres secrètes, découvrir les archives et mettre fin aux activités de Margot pour de bon. Mais ils savaient tous deux que pour réussir, il leur faudrait plus que du courage : ils auraient besoin d'un plan infaillible, solide et adaptable.

Tout en communiquant silencieusement par gestes, Emma déballait un petit appareil que Liam avait fabriqué à partir de bouts de matériel trouvés dans son sac : un gadget d'écoute improvisé, suffisamment petit pour passer inaperçu malgré les mesures de sécurité que Margot avait pu mettre en place. Le plan était simple, mais dangereux : Liam ferait diversion pour éloigner les agents de l'entrée principale pendant qu'Emma se faufilerait dans les passages secrets. Elle avait mémorisé le plan grâce à ses croquis, mais se repérer dans le labyrinthe de Margot exigeait plus que de la mémoire : il fallait aussi de l'intuition et du sang-froid. Dehors, le brouhaha de la vie nocturne de Montmartre avait laissé place à un silence inquiétant, seulement rompu par des bruits de pas lointains et le cliquetis d'un volet cassé. Le temps pressait, et chaque seconde d'hésitation les rapprochait de la catastrophe.

Soudain, une voix faible résonna dans l'ombre de la ruelle, et tous deux se figèrent. Le cœur d'Emma battait à tout rompre tandis que Liam acquiesçait et se préparait à agir. Elle ajusta son manteau et serra contre elle sa petite trousse à outils contenant des crochets, de minuscules lampes de poche et les documents essentiels que Liam lui avait remis plus tôt. Après avoir pris une profonde inspiration, elle se glissa dans le coin, étouffant ses pas sous les pavés humides, et se dirigea vers la première trappe indiquée sur ses croquis. À l'intérieur, l'air était chargé de poussière et de secrets, et la faible lueur de sa lampe de poche éclairait les toiles d'araignées séchées collées aux murs de pierre fissurés. Elle avançait prudemment, chaque craquement résonnant comme un coup de feu à ses oreilles, sachant que les gardes fidèles de Margot ou pire encore pouvaient se cacher juste hors de sa vue. Ses paumes étaient moites, mais sa détermination la maintenait en place.

C'était le moment où les secrets soigneusement gardés de Margot allaient enfin être révélés. Pendant ce temps, Liam, caché dans une ruelle, surveillait attentivement les environs. Il murmura une prière, passa une main dans ses cheveux et tint rapidement des instructions à distance sur un petit appareil d'enregistrement, tout en écoutant le murmure lointain des voix.

Leur plan se déroulait à merveille, mais les enjeux avaient pris de l'ampleur : il ne s'agissait plus seulement d'œuvres d'art volées. Il s'agissait de démanteler un empire et de révéler au grand jour les ténèbres qui régnaient depuis des décennies sous la façade pittoresque de Montmartre. Alors que les pas d'Emma s'éloignaient dans le métro, Liam serra plus fort son gadget de fortune, sachant que chaque seconde pouvait être la dernière si Margot découvrait leurs intentions. Une rafale de vent balaya la rue, faisant cliqueter une enseigne mal fixée au-dessus d'un vieux café, rappelant que la nature et la trahison humaine sont inséparables. Tout autour d'eux, la ville semblait retenir son souffle, attendant le prochain mouvement, la prochaine révélation dans l'ombre.

***

L'air de Montmartre était chargé de poussière et du poids de secrets longtemps enfouis. Emma avançait prudemment dans les couloirs labyrinthiques, étouffant ses pas sous le poids des pierres inégales. La faible lueur de sa lampe torche révélait des bribes de vieilles briques, des murs qui semblaient respirer des histoires de trahison et de ses conséquences. Chaque pas donnait l'impression de pénétrer dans un territoire fantomatique, où l'histoire se cachait dans l'ombre, attendant d'être dévoilée.

Elle serrait fermement son carnet, tous ses sens en alerte, consciente que la découverte qu'elle pourrait faire pourrait tout changer. Liam la suivait, l'œil partout, aussi vigilant qu'une proie sentant le danger. Il effleura instinctivement le pistolet glissé dans son manteau, au cas où il y aurait plus que des passages secrets et des souvenirs fanés ici. Il savait que ces tunnels n'étaient pas seulement des vestiges, mais les veines d'un empire criminel toujours vivant.

La découverte des pièces cachées par Emma n'était pas une coïncidence. Quelque part dans ces couloirs sinueux se trouvait la preuve dont ils avaient besoin, celle qui allait révéler des décennies de mensonges et de supercheries. Leurs respirations résonnaient doucement dans le silence, leurs voix étouffées, mais leurs cœurs battaient à tout rompre dans l'anticipation.

Au bout du couloir, les doigts tremblants d'Emma effleurèrent la surface rugueuse d'un mur de pierre. Elle appuya dessus et le mur bougea légèrement, révélant une ouverture étroite : l'entrée d'une chambre secrète. À l'intérieur, l'air était plus froid et chargé d'une odeur de renfermé et d'histoire. Des étagères tapissaient les murs, remplies de papiers jaunis, de photographies défraîchies et de classeurs fragiles contenant des documents manuscrits. Emma écarquilla les yeux lorsqu'elle reconnut l'écriture : il s'agissait de celle de sa grand-mère. Chaque ligne, chaque note formait une pièce d'un puzzle assemblé depuis des décennies. Quelque part dans cette pièce se trouvait la preuve des actes les plus sombres de sa famille, dissimulée sous des couches de poussière et de mensonges.

Liam s'approcha, parcourant les documents, son esprit s'efforçant de relier des points longtemps disjoints. La preuve était là. Des pages remplies de listes d'œuvres d'art volées, de transactions codées et de noms liés à un réseau obscur opérant à travers l'Europe. Mais ce qui le troublait le plus était une série de photographies épinglées au mur : des images de personnes, certaines familières, d'autres inconnues, toutes impliquées dans un réseau complexe de vol d'œuvres d'art. Au dos d'une photo, on pouvait lire à la hâte la date du jour où sa grand-mère avait disparu. Les doigts d'Emma tremblaient tandis qu'elle serrait la photo, se rendant compte que sa quête de vérité l'avait conduite au cœur d'un monde souterrain qu'elle n'avait jamais vraiment compris. Tous les secrets étaient inscrits ici, prêts à réécrire sa compréhension de son propre passé.

Soudain, le téléphone de Liam vibra violemment dans sa poche. Avant qu'il n'ait pu le mettre en mode silencieux, un frisson glacial lui parcourut l'échine : l'écran s'alluma, affichant une série de messages cryptés et malveillants qu'il ne comprenait pas. Son visage pâlit lorsqu'il lut les mots :

« Nous savons que vous êtes ici. Arrêtez de fouiller ou vous le regretterez. »

Emma remarqua son expression et se retourna, les yeux plissés. Le temps leur était compté. Celui qui était derrière tout cela connaissait leurs intentions, et les enjeux n'avaient jamais été aussi élevés. Alors que Liam rangeait discrètement son téléphone dans sa poche, Emma murmura :

« Ils nous surveillent depuis le début. Nous ne sommes pas seulement en train de découvrir l'histoire, nous sommes en train de révéler un véritable cauchemar. »

Un silence pesant s'installa lorsqu'ils réalisèrent

qu'ils avaient franchi une ligne, qu'ils avaient pénétré dans un monde où la confiance était dangereuse et où les secrets avaient un prix élevé. Dans la pénombre de la chambre cachée, ils rangeèrent soigneusement leur découverte avant d'affronter ce qui pourrait suivre : une confrontation qui pourrait briser toutes leurs convictions et même leur coûter la vie.

9
Lutter pour la justice

L'air sous le grenier bondé était lourd de silence, la tension résonnant au rythme des battements de cœur d'Emma. Des ombres dansaient le long des murs de pierre fissurés de la chambre cachée, vestiges de siècles passés qui murmuraient des secrets qu'ils n'étaient pas censés révéler. Margot se tenait au centre, le regard froid et vide, mais derrière cette apparence si soigneusement élaborée se cachait une intention dangereuse. Les doigts d'Emma se crispaient sur le bord d'une valise abîmée remplie de dossiers et de photographies, la cachette secrète de sa grand-mère. Chaque seconde semblait aussi fragile qu'un cœur secret sur le point d'exploser. L'air vicié transportait une légère odeur métallique, mêlée à la poussière et au faible murmure des pas qui se rapprochaient à l'extérieur. Emma savait que ce moment allait arriver ; chaque pas, chaque révélation les avait menés à ce point critique, où la vérité et la trahison s'entre-choquaient dans un dernier éclat de lucidité.

Liam, silencieux mais tendu, se pressait contre Emma tout en surveillant l'étroit passage derrière Margot. Le regard d'acier, il se déplaça légèrement pour se positionner de manière à bloquer toute fuite soudaine. Leur cachette provisoire sous Montmartre n'existait plus que depuis quelques minutes, qui leur semblaient des secondes, depuis qu'ils avaient découvert le dernier indice : une porte secrète dissimulée derrière un faux mur. Leur quête de justice, autrefois un espoir lointain, était désormais une confrontation inévitable et impitoyable. Chaque goutte de sueur sur le front de Liam lui rappelait l'enjeu : il ne s'agissait plus de secrets enfouis depuis des décennies, mais de vies en danger, de la fin d'un empire criminel qui avait prospéré grâce à la trahison et au sang. Emma retint son souffle lorsque les lèvres de Margot s'incurvèrent en un sourire narquois, signe qu'une tempête était sur le point d'éclater.

Emma serra les dossiers plus fort, consciente du pouvoir destructeur de ces documents sur Margot.

Margot finit par s'avancer, faisant claquer ses talons sur le sol inégal. Sa voix, calme mais sinistre, transperça l'atmosphère tendue comme une lame vacillante.

« Pensez-vous vraiment avoir gagné ? Après toutes ces années, vous pensez pouvoir vous échapper de ce qui a déjà été accompli ? Ce n'est que le début. »

Son regard se porta vers la fenêtre, où une faible lumière filtrait, projetant des ombres inquiétantes. L'esprit d'Emma s'emballa, tous ses souvenirs défilèrent dans son esprit : les œuvres d'art volées, les trahisons, les innombrables mensonges inventés pour dissimuler son véritable objectif. Margot étira les lèvres en sortant un petit pistolet décoré de la poche de son manteau, les doigts serrés autour de la crosse. La pièce sembla rétrécir, le silence s'étirant comme un fil tendu prêt à se rompre.

Le pouls d'Emma battait si fort dans ses oreilles qu'elle en avait le tournis. Instinctivement, la main de Liam se déplaça vers son flanc, sachant que ce moment allait à jamais sceller leur destin, la justice vacillant au bord du chaos. La porte s'ouvrit brusquement, non pas sous l'effet de la main de Margot, mais sous le bruit soudain de pas. Plusieurs silhouettes apparurent, masquées et furieuses, leurs visages obscurcis par la faible lumière, mais leur présence indéniable.

La réalité frappa comme un coup de poing : ce n'étaient pas de simples voleurs ou complices, mais des membres du réseau de Margot, dangereux, bien armés et déterminés à la protéger à tout prix. Emma jeta un regard vers Liam, qui sortit instinctivement son téléphone. Il n'y avait pas de réseau. Leurs appareils avaient été compromis : ils n'étaient pas seuls. Dehors, le bruit lointain des sirènes résonnait de plus en plus fort, rappelant au groupe que le monde extérieur se rapprochait. Dans le chaos, la voix de Margot retentit, amère et triomphante.

« Pensez-vous pouvoir arrêter ce qui est déjà en marche ? L'œuvre d'art m'appartient, et il n'y a plus aucune issue. »

Alors que la pièce se remplissait de cris et que les armes étincelaient, Emma savait que leur combat atteignait son apogée : une bataille finale qui déciderait de l'avenir des choses en lesquelles ils croyaient. Dans ce moment intense, Liam et Emma se regardèrent dans les yeux. Le serment silencieux qui s'établit entre eux était plus puissant que les mots : survie, vérité, justice. Ils se cachèrent derrière une lourde table en bois tandis que des coups de feu retentissaient, la poussière tourbillonnant comme un brouillard gris.

Margot se précipita, son pistolet pointé, mais elle était nerveuse et sa main tremblait légèrement. Emma se déplaça rapidement, son esprit s'efforçant de reconstituer les archives de sa grand-mère, dans l'espoir de trouver les indices qui pourraient tous les sauver. Elle savait que l'empire de Margot était bâti sur des mensonges, enfouis profondément sous les rues de

Montmartre, dans des tunnels et des pièces conçues jadis pour servir de cachettes et de refuges secrets. Des explosions retentirent à l'extérieur, symbolisant le choc entre leur détermination et l'incroyable trahison qu'elles venaient de découvrir. C'était comme si le sol se dérobait sous leurs pieds. Emma, tremblante mais résolue, se prépara pour le dernier acte, le moment où tout allait se jouer, où d'innombrables vies dépendraient de leur courage.

***

La pièce était en effervescence, les écrans clignotaient et Liam finalisait sa caméra, le flux en direct résonnant désormais dans l'éther numérique. Chaque seconde était chargée ; le poids de leur découverte pesait sur eux comme des nuages d'orage prêts à éclater. Emma était assise à côté de lui, le souffle court, les yeux rivés sur le moniteur qui affichait les premiers fragments de leurs preuves.

C'était le moment pour lequel ils s'étaient battus, mais le danger qui les guettait en coulisses était plus imminent que jamais. Ils étaient allés trop loin pour pouvoir reculer maintenant : une seule diffusion pouvait démanteler l'empire de Margot ou sceller leur chute. L'appartement situé sous les rues sinueuses de Montmartre était silencieux, à l'exception du léger bourdonnement de l'équipement. Les mains d'Emma tremblaient légèrement tandis qu'elle vérifiait une dernière fois les angles de caméra et le son.

Les ombres qui dansaient dans la pièce semblaient murmurer des secrets, des souvenirs de l'histoire longue de Margot tissés dans les murs mêmes. Liam jetait des coups d'œil à Emma, sentant sa détermination, mais aussi sa nervosité. Derrière son apparence calme, il savait qu'elle était toujours hantée par le passé et par ce qui était en jeu. Ils n'avaient qu'une petite fenêtre d'opportunité, et chaque instant comptait. Il ne s'agissait pas seulement de révéler un crime, mais de rendre justice et de révéler la vérité sur l'héritage sombre d'une famille.

Dans un coin se trouvait un panneau de contrôle improvisé, le petit centre névralgique de leur opération, d'où Liam orchestrait la diffusion en direct. Son doigt planait au-dessus du bouton qui allait envoyer leurs preuves au monde entier. Le flux était crypté et soigneusement configuré pour être diffusé automatiquement auprès de contacts de confiance et des médias avec lesquels ils avaient pris des dispositions au cas où. Sur le papier, le plan était simple: révéler les dossiers cachés, exposer les crimes de Margot et montrer au monde qui elle était vraiment. Mais les plans simples ont du mal à survivre à leur première rencontre avec la réalité. Des ombres se glissaient à la périphérie, et le bruit lointain de pas suggérait qu'ils n'étaient pas seuls dans ce combat. Le cœur d'Emma battait à tout rompre. Il était désormais trop tard pour faire machine arrière.

Alors que Liam s'apprêtait à activer la diffusion, un léger bruit interrompit le silence tendu : un clic sourd provenant du couloir. Emma se figea. Ses yeux s'écarquillèrent, l'inquiétude se lisant sur son visage. Quelqu'un essayait de rentrer. Liam chercha instinctivement son téléphone, mais il était éteint et piraté, comme tout le reste. Le dispositif de sécurité numérique était tombé en panne. Dehors, les ombres bougeaient avec détermination, silencieuses mais déterminées. Les murs de Montmartre avaient été témoins de secrets pendant des siècles, et maintenant ils résonnaient des pas des ennemis qui se rapprochaient. Emma sentit son cœur s'accélérer lorsqu'elle comprit qu'il ne s'agissait pas d'un simple problème technique ou d'un signal défaillant, mais d'une intrusion. Quelqu'un les avait découverts, ou pire, était sur le point de les empêcher de révéler la vérité qui pourrait renverser un empire.

***

La ville à l'extérieur de Paris défilait à toute vitesse, mais à l'intérieur de la voiture cabossée, chaque respiration semblait rappeler le danger qui se rapprochait. Emma fixait le rétroviseur, les mains tremblantes sur le volant, essayant d'ignorer le nœud qui se formait dans son estomac. Elle avait cru qu'ils étaient enfin libres, que le cauchemar prendrait fin lorsqu'ils auraient atteint la périphérie de la ville.

Pourtant, son instinct lui disait que quelque chose n'allait pas : le calme était trop parfait, le silence de leurs poursuivants était trop étouffant. Des ombres vacillaient à la périphérie de son champ de vision, ou du moins c'est ce que son esprit imaginait, alimentant une paranoïa qu'elle avait appris à cacher.

Liam était assis en silence à côté d'elle, les yeux fixés sur les lampadaires vacillants. Sa mâchoire était serrée, ses muscles tendus sous le poids de ses récentes découvertes : Margot n'était peut-être pas seulement l'organisatrice de vols d'œuvres d'art, mais aussi le cerveau d'un vaste réseau de tromperie. L'appel de son supérieur était arrivé quelques instants auparavant, un message laconique qui confirmait leurs pires craintes : Margot leur avait tendu un piège et elle surveillait tout.

Le faux sentiment de sécurité qui avait accompagné leur fuite s'effondra alors, laissant place à la prise de conscience inquiétante qu'avec chaque pas, ils se rapprochaient du piège qu'elle leur avait soigneusement tendu. Ils arrivèrent dans une ruelle étroite et sombre. Ils pensèrent que le moment était venu de respirer, de disparaître dans la nuit parisienne. Mais alors que Liam regardait par la fenêtre, une silhouette apparut dans la lueur d'un réverbère cassé. Elle était petite, rapide, et semblait savoir exactement où elle allait.

Le cœur d'Emma battait si fort qu'elle craignait qu'il n'explose. La main de la silhouette se tendit, faisant un signe silencieux, tandis que les drapeaux flottèrent comme les échos lointains d'une guerre qu'ils ne comprenaient pas vraiment. Liam chercha son téléphone, mais l'écran clignota avant de s'éteindre : cloné, piraté, inutilisable. Toutes leurs communications, tous leurs plans étaient désormais entre les mains de Margot.

Avant qu'ils n'aient le temps de réagir, la poignée de la portière de la voiture cliqueta, puis s'immobilisa. Un silence inquiétant s'abattit sur le véhicule, chacun étant plongé dans un tourbillon de pensées frénétiques. Emma comprit avec une peur grandissante que l'appartement de Montmartre, qui semblait autrefois être un refuge sûr, avait peut-être été compromis dès le début. Chaque détail, chaque indice qu'ils avaient découvert leur semblait désormais vide de sens. Le plan de Margot se déroulait avec une précision cruelle, résonnant dans les rues sous forme de murmures que seuls eux pouvaient entendre. La poursuite n'était pas terminée ; elle n'en était qu'à ses débuts, dans sa phase la plus sombre et la plus dangereuse.

Soudain, le téléphone de Liam vibra violemment

dans sa poche. L'écran afficha un numéro qu'il ne reconnut pas, mais le nom de l'appelant le fit frissonner : Deep State. Il prit une décision en une fraction de seconde, puis répondit. La voix au bout du fil était froide, distante et reconnaissable entre toutes : le ton indubitable de la trahison.

« Votre enquête est compromise », dit-elle d'un ton neutre. « Vos mouvements sont surveillés. Margot n'est pas seulement une voleuse. C'est la marionnettiste, et elle tire les ficelles depuis des décennies. »

Emma écarquilla les yeux, prise de conscience de la gravité de la situation. Il ne s'agissait pas seulement d'œuvres d'art volées. Il s'agissait d'un héritage de tromperie qui menaçait de réécrire l'histoire, et ils n'avaient plus beaucoup de temps pour l'arrêter. Le moteur de la voiture rugit lorsque Liam raccrocha.

La silhouette miniature à l'extérieur s'évanouit dans l'ombre, laissant derrière elle un sentiment de questions sans réponse. L'esprit d'Emma tournait à toute vitesse, ses pensées s'entrechoquant comme les fragments d'un miroir brisé : des fissures de vérité, de mensonges et de trahisons qui s'estompaient dans l'obscurité. L'empire tortueux de Margot était plus vaste qu'elle ne l'avait imaginé, profondément enraciné sous les rues pavées de Montmartre, dissimulé derrière des murs de secrets. Chaque pas en avant les rapprochait de la vérité, mais aussi du danger. Et alors que la ville lumière diffusait sa faible lueur, Emma savait que ce n'était plus un jeu d'ombres, mais un combat pour chaque partie de son âme, chaque fragment de l'histoire de sa famille, et peut-être même l'héritage que Margot avait passé sa vie à cacher méticuleusement sous le masque d'une grand-mère.

10
La vérité révélée

Le faisceau étroit de la lampe torche vacillait sur les murs de pierre brute, projetant de longues ombres qui dansaient à chaque pas d'Emma dans la chambre cachée. Ses doigts effleuraient la surface froide des innombrables boîtes et classeurs empilés en rangées désordonnées, comme si sa propre curiosité tentait de lever le voile sur une histoire cachée.

Ces archives, poussiéreuses et oubliées, portaient le poids de décennies, voire de plusieurs décennies, et murmuraient des secrets que seuls le silence et le temps pouvaient garder. Le cœur d'Emma battait à tout rompre, non seulement à cause de l'excitation de la découverte, mais aussi parce qu'elle réalisait qu'elles pourraient enfin révéler la vérité que sa grand-mère lui avait cachée toute sa vie.

Quelque part dans ce chaos de papier et d'encre se trouvait la clé de tout : la vérité sur des œuvres d'art volées, des trahisons enfouies sous des couches de mensonges et un héritage dont elle ignorait l'existence. Chaque registre ouvert était une histoire gravée dans l'encre défraîchie. Les dossiers documentaient des transactions, des noms, des dates et des accords clandestins, certains marqués de symboles connus uniquement de ceux qui comprenaient le langage du crime artistique.

La poussière se mit à voleter dans les airs alors qu'elle fouillait avec précaution dans un classeur sur lequel était inscrit :

« Opérations — Montmartre 1942 ».

Son souffle se coupa. Ces pages n'étaient pas de simples documents, elles étaient la carte de la vie de sa grand-mère : son rôle clandestin dans la Résistance, son implication dans la dissimulation de chefs-d'œuvre volés et, plus troublant encore, ses liens avec un vaste réseau de voleurs qui s'étendait bien au-delà de ce qu'Emma avait jamais imaginé.

En feuilletant les pages, une photographie tomba : un cliché en noir et blanc de Margot Dubois, plus jeune, le regard vif et provocateur, debout au milieu d'un groupe d'hommes au visage dissimulé. Emma la serra fermement dans sa main, tremblant sous le poids de sa découverte. Pendant ce temps, Liam attendait à l'extérieur de la pièce, observant anxieusement le couloir et la porte.

Le faible bourdonnement de voix lointaines résonnait depuis le hall principal de ce qu'ils avaient cru être un bâtiment abandonné, jusqu'à présent. Son esprit s'emballa en imaginant les implications. Ces archives n'étaient pas de simples reliques, elles étaient les vestiges d'un empire bâti sur la cupidité, le mensonge et la trahison. La vie secrète de Margot était une toile qui emmêlait les plus hautes sphères de la société et la protégeait de la justice pendant plus de soixante-dix ans.

Et Emma, en mettant au jour ces archives cachées, était devenue une menace directe. Liam savait qu'ils n'avaient pas beaucoup de temps avant que quelqu'un ne vienne les réduire au silence pour toujours. Les poils de ses bras se hérissèrent alors qu'il revivait la scène dans son esprit, sentant le danger se rapprocher, attendant l'inévitable. Dans l'enceinte de cette cave souterraine, Emma s'arrêta sous le choc : un autre paquet soigneusement emballé dans une toile cirée et scellé avec de la cire vieillie.

À l'intérieur, elle trouva un paquet de lettres, des dizaines, jaunies et fragiles, couvrant plusieurs années et révélant des échanges clandestins entre sa grand-mère et des personnages inconnus. Alors qu'elle en tenait une dans ses mains tremblantes, ses yeux s'écarquillèrent. L'écriture était délicate mais pressante, décrivant des réunions, des accords et une série de références codées à un « trésor » caché à Montmartre. Chaque ligne lui donnait des frissons dans le dos. Ces lettres dépeignaient une Margot qui n'était pas une victime, mais une manipulatrice hors pair, quelqu'un qui avait passé sa vie à orchestrer une supercherie magistrale. Emma serra les poings, réalisant que la quête des secrets de sa grand-mère était plus sordide qu'elle ne l'avait imaginé : un jeu complexe dont l'enjeu était suffisamment élevé pour détruire tout ce en quoi elle croyait.

***

Quelques semaines après qu'Emma eut découvert les secrets enfouis sous l'apparence fragile de sa grand-mère, la vérité sur les célèbres tableaux de Monet commença à éclater au grand jour, mais pas comme elle l'avait prévu. Les archives que Margot avait méticuleusement conservées révélaient les détails d'un réseau complexe de tromperies, de signatures falsifiées et de chefs-d'œuvre volés s'étalant sur plusieurs décennies. Les doigts d'Emma tremblaient tandis qu'elle parcourait les pages jaunies, chacune révélant un chapitre du chaos que sa famille avait désespérément tenté d'enterrer. Plus elle en découvrait, plus il devenait évident que son héritage ne se limitait pas à l'art, mais qu'il s'agissait d'une société secrète d'escrocs, de voleurs et de traîtres se cachant derrière une couronne de génie artistique.

En examinant les documents authentiques, Emma comprit que la véritable valeur résidait dans ces histoires : des récits de trahison, d'amour, de perte et de survie, gravés dans du papier fragile, attendant d'être racontés. Parmi les archives poussiéreuses, Emma trouva un registre abîmé rempli de notes manuscrites : des noms, des dates et des factures volées, toutes faisant référence à des œuvres de Monet, mais avec des pseudonymes, des symboles codés et des commentaires énigmatiques.

Chaque entrée était une pièce du puzzle, laissant entrevoir une opération beaucoup plus vaste. Son cœur battait la chamade à l'idée que le trésor dont parlait sa grand-mère n'était pas une simple chose à posséder, mais une histoire tissée dans la trame même de l'histoire sombre de sa famille. Chaque coup de stylo ouvrait un chapitre de la chronique tortueuse des célèbres faux Monet qui la fascinaient depuis des années. Elle pouvait sentir la présence de Margot rôder dans chaque ombre, les échos de ses chuchotements manipulateurs emplissant le grenier silencieux tandis qu'Emma se débattait avec l'héritage de l'artiste américain, un héritage chargé de tromperie, d'espoir et de regrets. Un héritage qui poussait maintenant Emma à affronter les secrets enfouis au plus profond de sa lignée, des secrets qui menaçaient de détruire tout ce qu'elle croyait savoir sur ses origines.

Les murs de l'appartement de Montmartre, faiblement éclairés par la lueur vacillante d'une seule ampoule, semblaient porter le poids des vérités cachées. Les doigts d'Emma effleurèrent le bois usé d'une porte secrète qu'elle avait découverte derrière un faux panneau. Celle-ci révélait un passage étroit, une issue de secours que sa grand-mère avait aménagée il y a longtemps, conçue pour protéger ses secrets les plus précieux des regards indiscrets. Alors qu'Emma scrutait l'obscurité, un frisson glacial la parcourut. Margot l'observait-elle encore ? Sa grand-mère avait-elle laissé derrière elle quelque chose de plus important que de simples archives ? Chaque craquement de l'ancien bâtiment semblait s'amplifier, résonnant comme un avertissement entre la sécurité et le danger. L'esprit d'Emma s'emballa : quelques instants plus tôt, elle avait découvert suffisamment de preuves pour détruire à jamais l'empire de sa grand-mère, mais les ombres dans la pièce semblaient murmurer des avertissements de représailles. Dehors, un léger mouvement attira son attention : une silhouette se glissait dans la ruelle, indéniable mais invisible.

Emma comprit alors que sa quête de la vérité avait réveillé quelque chose de bien plus sinistre. Le monstre qui se cachait dans l'histoire de sa famille se réveillait à nouveau, et le temps lui était compté pour l'affronter. Dans le silence tremblant, Liam apparut soudain à ses côtés, le visage crispé.

« Emma, dit-il d'une voix basse, je crois qu'ils sont sur notre piste. »

Ses yeux se portèrent vers la porte, puis revinrent vers elle, exprimant à la fois l'inquiétude et la détermination. L'air entre eux s'épaissit, chargé de craintes inexprimées, chacun conscient que leur quête de justice avait peut-être franchi une ligne invisible.

Liam ouvrit sa veste, révélant une petite clé USB qu'il présenta comme une police d'assurance. Ils sentaient la pression du danger imminent dans leur nuque. La question cruciale flottait dans le silence pesant : pouvaient-ils encore faire confiance à quiconque ? Chaque visage rencontré au cours de leur périple, chaque inconnu, chaque visage amical à la gare, pouvait être une menace. La voix de Liam rompit le silence tendu.

« Nous n'avons qu'une seule chance. Si nous ne partons pas immédiatement, ils nous réduiront au silence pour de bon. »

Emma serra les poings, son esprit élaborant des plans et des itinéraires de fuite, tandis qu'elle savait que dans l'ombre de Montmartre, le fantôme du passé de sa grand-mère l'observait, attendant le moment propice pour passer à l'action. La nuit tombait, emportant avec elle le peu d'espoir qu'il leur restait. Quelque part, le piège tendu par Margot se resserrait, et le jeu approchait de son paroxysme mortel.

***

Emma était assise en silence dans la pièce faiblement éclairée, la lueur des lumières de la ville fil-
trant à travers les volets fissurés. Elle suivit du doigt
le bord du registre relié en cuir usé qu'elle avait trouvé caché derrière un faux mur dans la bibliothèque
secrète de Margot, sous Montmartre. Chaque page
était une fenêtre sur des décennies de secrets : des
registres d'œuvres d'art volées, de transactions clandestines et de noms que l'on croyait perdus à jamais.
Le poids de la vérité pesait lourdement sur sa poitrine,
promettant de dévoiler non seulement le passé trouble
de sa grand-mère, mais aussi une toile qui avait piégé
d'innombrables familles innocentes dont les histoires
étaient restées enfouies dans le silence pendant trop
longtemps. L'air était chargé d'anticipation. Liam
l'observait avec un mélange d'admiration et d'inquiétude tandis qu'elle feuilletait avec précaution les pages
jaunies, remarquant l'écriture méticuleuse et les tam-
pons effacés.

Quelque part dans cette pièce se trouvait la clé de

la justice, la pièce manquante qui permettrait enfin d'apaiser les fantômes hantant leur présent. Chaque seconde semblait être un fil fragile retenant le tissu fragile de leur fragile espoir. Dehors, la ville bourdonnait, inconsciente de la tempête de révélations qui se préparait sous ses pieds, une tempête qui menaçait de balayer les mensonges construits au fil des générations.

Lorsque Emma découvrit une enveloppe scellée portant les initiales de sa grand-mère, son cœur battit à tout rompre, mêlé de peur et de détermination.

L'écriture était précipitée, presque désespérée : un avertissement urgent ou peut-être un dernier appel. Elle retira délicatement le bout de papier de sa cachette et se rendit compte qu'il ne contenait pas seulement des mots, mais aussi une série de coordonnées cryptiques et une seule phrase : « Le véritable trésor se trouve dans l'invisible. »

Liam se pencha, plissant les yeux pour en évaluer la portée. Ce qui était caché ici ne se limitait pas à une cachette d'œuvres d'art volées ; c'était quelque chose de bien plus puissant, quelque chose capable de renverser un empire bâti sur la tromperie et le sang.

Soudain, le bruit lointain de pas résonna au-dessus de leurs têtes, les faisant sursauter et plongeant l'atmosphère dans un silence tendu. Les doigts d'Emma se figèrent sur le bord de la lettre. Elle sentit un mouvement, une présence qui se cachait juste derrière les murs et les observait. Son esprit s'emballa : Margot les avait-elle surveillés tout ce temps ? Savait-elle que quelqu'un fouillait dans ses secrets ? La pièce semblait plus froide, les ombres s'allongeaient, et un frisson étrange lui parcourut l'échine. Chaque regard par-dessus son épaule lui semblait être un avertissement que le temps leur était compté, un compte à rebours sinistre qui s'accélérait à chaque seconde.

Puis, le cliquetis faible d'un loquet brisa le silence. Emma retint son souffle et pressa instinctivement sa main contre le bras de Liam, cherchant frénétiquement une solution. Leur découverte était déjà suffisamment dangereuse, mais ils avaient maintenant la certitude que quelqu'un d'autre était au courant de leur intrusion. S'agissait-il de Margot elle-même, qui venait mettre son trésor en sécurité avant que les dernières pièces du puzzle ne s'assemblent ? Ou l'un de ses disciples, une ombre du passé revenue à la vie ? Le silence de la pièce devint assourdissant, chaque battement de cœur résonnant dans ses oreilles, alors qu'ils se préparaient à l'épreuve à venir, dans l'incertitude :

leur prochain geste les sauverait-il ou les condamn-erait-il aux profondeurs du passé oublié de Margot ?

II
Conséquences et justice

Au moment où les policiers ont fait irruption dans le petit appartement de Montmartre, Emma a senti son cœur se serrer. Les murs, qui résonnaient autrefois des secrets chuchotés et des allées et venues, vibraient désormais au son des cris et des pas. Margot émergea de l'ombre, le regard froid et calculateur, comme si elle avait prévu ce moment depuis longtemps. Emma s'agrippa au bord d'une table poussiéreuse, l'esprit en ébullition, essayant de comprendre la gravité de la situation. L'atmosphère était tendue, non seulement à cause des arrestations qui se déroulaient autour d'elle, mais aussi parce qu'elle avait conscience que toute leur quête était sur le point de s'effondrer.

Les agents se déplaçaient rapidement, leurs lampes torches perçant l'obscurité, éclairant des piles d'œuvres d'art volées, de faux documents et des registres méticuleusement tenus. Margot s'efforçait de garder son sang-froid tandis qu'on lui passait les menottes, mais sous son apparence calme se lisait une lueur de défi. Emma observait le visage de sa grand-mère, sur lequel se lisait un étrange mélange de regret et de fierté, peut-être pour la vie de mensonges qu'elle avait construite, ou pour la fille qu'elle avait mise en danger sans le savoir. Le poids de la vérité pesait sur Emma, aussi lourd que le sol en pierre sous ses pieds. Elle s'était battue si fort pour démêler cette toile labyrinthique, pour la voir s'effondrer entre ses mains, le cœur battant la chamade, partagée entre la victoire et la défaite.

La police emmena Margot, dont les talons claquaient de façon inquiétante sur les pavés, comme un compte à rebours. Emma et Liam se tenaient au seuil de leur victoire, mais le silence qui suivit semblait anormal, inquiétant. Liam scruta son visage, le soulagement mêlé à une révélation troublante. L'esprit d'Emma était envahi de questions : Margot avait-elle agi seule ? S'agissait-il vraiment de la fin, ou n'était-ce qu'une pause temporaire avant que quelque chose de plus sombre ne surgisse de l'ombre ? Alors que les sirènes s'éloignaient dans la nuit, Emma savait que les conséquences de cette arrestation se répercuteraient sur sa vie, sur l'héritage de sa famille et sur le réseau complexe de secrets qu'elle venait tout juste de commencer à démêler.

La nouvelle de la détention de Margot se répandit comme une traînée de poudre. Les journalistes envahirent les lieux, impatients de couvrir la chute de la méchante, mais Emma resta en retrait, ses pensées en proie à une tourmente intense. La vérité était plus compliquée que n'importe quel titre de journal. L'empire de Margot s'était bâti sur des décennies de mensonges, d'œuvres d'art volées à des morts et d'alliances assombries par la trahison. La controverse entourant son arrestation a suscité des débats partout : dans quelle mesure ses crimes étaient-ils motivés par le désespoir ou la cupidité pure? Le téléphone d'Emma n'arrêtait pas de vibrer, sa boîte de réception était inondée de messages provenant d'alliés, de sceptiques et d'anciens amis qui lui tournaient le dos. Les considérations personnelles s'étaient estompées pour laisser place à une quête implacable de justice, la laissant épuisée mais déterminée à aller jusqu'au bout.

Dans les jours qui ont suivi, Emma a été plongée dans un tourbillon d'enquêtes, de batailles juridiques et de couverture médiatique. Son rôle dans l'affaire est devenu plus clair : elle n'était plus seulement une enquêtrice, mais un symbole de résilience au milieu des ténèbres. Pourtant, au fond d'elle-même, elle était en proie à un profond sentiment de perte. Margot, sa grand-mère, était responsable de crimes qui entachaient l'histoire de sa famille. Ses émotions s'entrechoquaient : colère, chagrin, mais aussi une étrange lueur de compréhension, voire de sympathie. Emma savait que son avenir dépendait de sa capacité à démêler les fils de cette toile complexe, à découvrir si l'arrestation de Margot marquait le début de la fin ou simplement une pause. Une chose était sûre : l'ombre de l'héritage de Margot continuerait de planer longtemps après le verdict, définissant le parcours d'Emma d'une manière qu'elle n'aurait jamais imaginée possible.

Liam, quant à lui, était partagé entre soulagement et méfiance. La vérité sur l'empire de Margot n'était qu'une partie de l'histoire ; des zones d'ombre subsistaient dans les recoins de cette conspiration. Son travail d'infiltration l'avait mené jusqu'ici, mais les conséquences allaient devenir un autre champ de bataille. En observant Emma naviguer dans la tempête, il réalisa que leurs vies étaient désormais inextricablement liées. La confiance qu'ils avaient bâtie pendant leurs jours périlleux dans les rues de Montmartre était désormais mise à l'épreuve par la trahison et des motivations cachées. Liam se demandait s'il avait découvert toute la vérité ou si quelque chose d'encore plus sombre restait caché sous la surface. Les répercussions de l'arrestation de Margot allaient se faire sentir au-delà des frontières internationales : son influence s'étendait jusqu'aux plus hautes sphères du pouvoir, et elle entretenait toujours des liens avec des fonctionnaires corrompus et le marché noir.

Les efforts pour démanteler son réseau s'étendraient bien au-delà de ces sombres couloirs, et Emma et Liam savaient que cette victoire n'était qu'un début. Alors que Margot était assise en silence dans sa cellule, le regard distant et indéchiffrable, un sourire discret effleura ses lèvres, une expression qui ressemblait presque à un adieu.

Elle savait que son règne touchait à sa fin, mais elle croyait que son héritage perdurerait, renaissant du chaos qu'elle avait semé. La détermination d'Emma se renforça ; le chemin qui l'attendait était encore semé d'embûches. L'arrestation avait ouvert la porte à une mine de secrets qui allaient bientôt refaire surface, révélant non seulement les actes de Margot, mais aussi toute la machinerie derrière ses crimes. Emma s'accrochait à l'espoir que la justice était à portée de main, même si les ombres menaçaient de engloutir tout ce qui lui était cher. Au plus profond de sa victoire, une petite voix lui soufflait que ce n'était que le premier acte d'une histoire bien plus grande, qui mettrait à l'épreuve ses limites et remettrait en question ses notions de famille, de loyauté et de vérité. Dans la tourmente, la détermination d'Emma se renforça, elle qui était prête à affronter toutes les conséquences qui l'attendaient au-delà des murs de l'empire déchu de sa grand-mère.

***

Les rues étroites de Montmartre avaient toujours ressemblé à un labyrinthe, serpentant entre des secrets et des histoires longtemps dissimulés. Aujourd'hui, sous ses pavés et ses cafés pittoresques, Emma et Liam découvrirent un dédale de secrets : celui du monde clandestin de Margot Dubois. Ils découvrirent un escalier caché derrière un faux mur dans l'appartement, menant à des tunnels secrets qui semblaient respirer à la fois l'histoire et le danger. Des particules de poussière flottaient dans la pénombre tandis qu'ils avançaient prudemment dans l'obscurité, chaque pas résonnant du poids de décennies de mensonges. Les murs recouverts de photographies défraîchies et de documents en lambeaux racontaient en silence des histoires de vols d'œuvres d'art, de trahisons et d'une vie passée dans l'ombre.

Les doigts d'Emma tremblaient tandis qu'elle suivait le contour d'un loquet dissimulé, dévoilant un passage secret qui serpentait sous tout le bâtiment. L'air se refroidit et s'épaissit, ponctué seulement par le bruit lointain des gouttes d'eau résonnant dans les tunnels. Ils avancèrent silencieusement, sachant qu'ils risquaient tout perdre, à l'exception peut-être de leur vie, si l'évasion était découverte. Leurs lampes torches éclairaient les graffitis et les symboles cryptiques griffonnés par les anciens occupants, marquant des itinéraires que seuls les initiés pouvaient comprendre. Chaque tour révélait un nouveau secret : une caisse abandonnée, un vélo rouillé, voire une légère odeur de fumée depuis longtemps éteinte, témoignage de réunions secrètes jadis tenues. La vérité, enfouie au plus profond de ces tunnels, attendait qu'ils la dévoilent.

Alors qu'Emma retenait son souffle, Liam écarta délicatement un épais rideau de toiles d'araignées, dévoilant une porte dissimulée ornée de symboles étranges. Son cœur battait la chamade : ce n'était pas une cachette ordinaire. À l'intérieur, ils découvrirent des piles de documents jaunis, à peine lisibles mais néanmoins révélateurs. Des dossiers documentant des transactions artistiques, des transactions au marché noir, ainsi que les noms d'acteurs clés serpentaient à travers les pages, leurs encre estompée mais leurs secrets intacts. Les yeux d'Emma s'écarquillèrent lorsqu'elle comprit : c'était le cœur de l'opération de Margot, le coffre-fort de toute son œuvre de vie. Tout indiquait que ces secrets étaient la clé pour démanteler l'ensemble du réseau criminel. Et quelque part dans l'obscurité, le véritable danger rôdait, attendant le moindre faux pas pour se dévoiler.

***

Les rues étroites et pavées de Montmartre semblaient engloutir Emma et Liam qui se dépêchaient dans l'ombre. Il était tard, mais la ville ne dormait jamais vraiment ; ses quartiers tranquilles dissimulaient bien des secrets. Chaque ruelle semblait murmurer des secrets, et le bourdonnement lointain de la vie nocturne parisienne s'estompait derrière le rythme effréné de leurs cœurs.

Ils avançaient d'un pas décidé, sachant que le fantôme de Margot les observait depuis l'obscurité. À l'intérieur du vieux bâtiment, ils trouvèrent une porte en bois battue, couverte de symboles étranges, et dégageant une légère odeur de papier ancien et de secrets. Emma poussa lentement la porte, dont les gonds protestèrent dans un grincement qui résonna dans le silence. À l'intérieur, des passages secrets serpentaient sous la ville, des endroits où les ombres formaient des murs et où les murmures s'accrochaient à l'air.

Des grains de poussière flottaient dans les rayons de lune qui s'infiltraient à travers les fissures entre les pierres, illuminant des archives moisies et des caisses remplies d'œuvres d'art volées. Les doigts d'Emma effleurèrent un registre défraîchi : l'écriture de sa grand-mère était encore visible, une danse complexe de dates, de noms et de transactions qui remontait à plusieurs décennies. C'était plus qu'une preuve, c'était une relique des chapitres les plus sombres de l'histoire, attendant de raconter son histoire.

Liam vérifia son téléphone : l'écran clignotant le

confirmait, leurs signaux étaient brouillés, leurs appareils compromis. Chaque regard par-dessus leur épaule semblait menaçant, comme si des yeux invisibles observaient chacun de leurs mouvements. Ils se dispersèrent, chacun à la recherche d'indices. Emma se concentra sur un coin où une porte secrète dissimulait une petite pièce. À l'intérieur, une cachette remplie de photographies, de notes manuscrites et de documents codés confirma ses pires craintes.

L'empire de Margot n'était pas seulement une collection d'œuvres d'art volées, c'était un réseau méticuleusement élaboré qui s'étendait sur plusieurs continents et plusieurs décennies. Chaque nom, chaque transaction constituait un fil supplémentaire qui l'entraînait plus profondément dans une toile de mensonges. L'air s'alourdissait à mesure que son cœur battait la chamade. Des gouttes de sueur perlaient sur ses tempes et un frisson la parcourut : ce n'était plus seulement une chasse au trésor.

C'était une guerre, et leur adversaire était déterminé à leur couper toute voie de retraite. Soudain, la voix de Liam rompit le silence, urgente et grave.

« Nous devons partir d'ici immédiatement. »

Emma acquiesça, serrant fermement son sac, sentant tout le poids de leur découverte peser sur sa poitrine. Derrière eux, les ombres semblaient bouger, et Emma savait que Margot avait le contrôle sur un vaste territoire. Il ne s'agissait pas seulement d'œuvres d'art volées.

Il s'agissait d'un héritage, d'une trahison et de l'obscurité qui enveloppait toute sa famille. Des pas résonnaient faiblement au-dessus d'eux, étouffés mais persistants. Emma appuya sa main contre le mur de pierre froid, sentant sous ses doigts la texture rugueuse de décennies de secrets. Liam lui jeta un coup d'œil, puis regarda le tunnel étroit devant eux ; tous deux comprirent qu'ils avaient découvert suffisamment d'éléments pour renverser un empire. Cependant, Margot n'était pas du genre à laisser de traces. Les murs autour d'eux semblaient se refermer, promettant que la confrontation à laquelle ils se préparaient n'était plus qu'une question de minutes. Alors qu'ils s'enfonçaient dans le labyrinthe, une faible lueur provenant d'un coin caché attira l'attention d'Emma : une petite boîte enveloppée de velours, fermée par un loquet délicat. Son souffle se coupa.

La boîte était la clé, ou peut-être un piège. Elle hésita brièvement avant d'y glisser la main, l'esprit en ébullition à l'idée de ce qu'elle pouvait contenir. À l'intérieur, elle trouva un paquet de papiers anciens : des photographies d'œuvres d'art volées, des documents portant des signatures qu'elle ne reconnaissait pas, ainsi qu'un petit bijou terni dégageant une énergie froide et inquiétante. Elle comprit alors qu'il s'agissait du cœur du secret de sa grand-mère, la preuve d'un héritage bâti sur la tromperie, le sang et le silence. Liam l'observait attentivement, conscient que cette découverte n'avait rien d'ordinaire ; c'était une révélation qui pouvait tout changer. Tous deux, empêtrés dans une histoire plus sombre qu'ils ne l'avaient imaginé, se trouvaient désormais au bord du précipice, sachant pertinemment que Margot, leur impitoyable matriarche, les guettait dans l'ombre, attendant le moment propice pour riposter.

12

Amour et retrouvailles

Le train fit une embardée soudaine, une secousse sismique qui projeta tout le monde vers l'avant. Emma serra son cahier contre elle, les pages voltigeant comme des oiseaux captifs, tandis que son cœur battait la chamade. Elle jeta un rapide coup d'œil à Liam, assis à côté d'elle, les yeux fixés sur la vitre sombre, mais les oreilles soudainement en alerte. La tempête faisait rage à l'extérieur, le vent hurlait comme une banshee tandis que la pluie s'abattait sans relâche sur le wagon. Personne n'avait beaucoup parlé depuis le dernier retard, mais un sentiment d'urgence s'était installé, lourd et tacite, planant au-dessus d'eux comme une ombre projetée dans un moment de chaos. La faible lueur des lumières de secours au plafond projetait des ombres inquiétantes sur son visage. Sa mâchoire était serrée, tous ses muscles tendus sous ses traits anguleux.

Emma sentait qu'il retenait plus que la tempête : elle percevait la tension qui le parcourait, comme des fils invisibles trop tendus. Leurs conversations initiales, hésitantes et prudentes, s'étaient transformées en un silence partagé, rempli de craintes inexprimées. Quelque part, dans le grondement lointain et étouffé du tonnerre, Emma sentait le murmure des souvenirs, des vérités fragiles qui menaçaient de jaillir à tout moment aux confins de son esprit.

Dans la lumière vacillante, le regard d'Emma se posa sur ses croquis. Ces schémas architecturaux, minutieusement détaillés et dessinés tard dans la nuit dans son studio tranquille, semblaient désormais vibrer d'une nouvelle urgence. Ils capturaient chaque angle de son environnement : l'emplacement des caméras, les issues de secours, mais aussi les lumières de sécurité clignotantes. Elle n'avait pas l'intention d'en dévoiler autant : dessiner était censé apaiser ses nerfs et la protéger de la tempête qui faisait rage en elle. Mais le regard perçant de Liam repéra les lignes méticuleuses, et Emma y aperçut une lueur de suspicion. Ses doigts se figèrent un instant, puis se refermèrent rapidement sur le carnet. Un sentiment de vulnérabilité la frappa plus fort que le grondement du tonnerre à l'extérieur. Et s'il en avait vu trop ?

Le train trembla à nouveau, plus violemment cette fois, et Emma sentit son estomac se nouer. Elle surprit Liam en train de l'observer, une lueur de curiosité, ou était-ce de la suspicion ? – traverser son visage. Avant qu'elle n'ait pu dire quoi que ce soit, la porte du wagon s'ouvrit à l'autre bout, laissant entrer une rafale de vent qui transportait l'odeur de la pluie, mais aussi quelque chose d'autre, quelque chose de plus sombre. Une ombre se déplaça. Liam se raidit et Emma remarqua sa voix passer de la désinvolture à la vigilance.

« Avez-vous entendu cela ? » murmura-t-il d'une voix basse mais ferme.

Emma acquiesça, le cœur battant la chamade. La tempête n'était plus seulement à l'extérieur ; elle s'était infiltrée dans leur fragile refuge, emportant avec elle les ombres des secrets qu'ils n'osaient affronter pleinement.

Tard dans la nuit, sous la faible lumière d'une lanterne vacillante, Emma était assise en silence dans un coin, respirant à peine. Face à elle, Liam faisait les cent pas comme un prédateur pris au piège, le visage impénétrable. Elle l'entendit parler dans son téléphone d'une voix précipitée, dans une langue inconnue qui la fit frissonner. Sa voix semblait urgente, presque désespérée, murmurant « le colis » et « la date limite », comme si le temps lui-même était devenu un ennemi qui les opprimait. L'esprit d'Emma s'emballa : la lettre de sa grand-mère parlait d'un « trésor », de vérités cachées enfouies profondément dans Montmartre. Et si la lettre était plus qu'un souvenir fané ? Et si elle se dirigeait vers quelque chose de dangereux, plus sombre qu'elle n'aurait pu l'imaginer ?

Pour la première fois, Emma remettait en question son instinct. Sa quête du passé ne la conduisait-elle pas dans un piège ? Chaque ombre prenait un nouveau sens. Chaque craquement, chaque bruit étouffé semblait murmurer des avertissements. Le retard du train ne semblait plus être un simple désagrément météorologique, mais un acte délibéré, une pause orchestrée, une impasse tendue où tout était en jeu. Emma observait Liam, qui serrait les mâchoires et regardait tout autour de lui, habité par les secrets qu'il cachait. Elle se demandait si elle pouvait lui faire confiance ou s'ils avaient tous deux été entraînés dans quelque chose qu'ils ne comprenaient pas entièrement. Dehors, la tempête faisait rage, implacable et sans relâche. À l'intérieur, une alliance fragile se formait au milieu du chaos, un lien forgé dans l'obscurité, attendant de résister ou de se briser sous la pression.

***

Emma était assise en silence dans le coin exigu de l'appartement de Montmartre, les doigts tremblants, suivant du bout des doigts les contours des photos défraîchies accrochées au mur. La pièce était envahie par la poussière, mais chaque centimètre carré semblait murmurer les secrets d'une vie oubliée depuis longtemps. Son esprit tournait à toute vitesse, imaginant toutes les possibilités : quelle découverte pourrait réellement tout changer ? Elle regarda Liam, dont le front était plissé par la concentration, comme s'il élaborait un plan d'évasion qu'il avait à peine formulé à voix haute. Pendant si longtemps, ils avaient suivi des chemins séparés : elle dans l'ombre et les murmures, lui dans un tourbillon de danger et de vérité. À présent, au milieu de ce chaos, l'idée de leur avenir s'épanouissait, fragile mais indéniable, comme une graine prête à percer le béton.

Ils avaient traversé le chaos, chacun meurtri et marqué, mais animés par une détermination commune. Emma savait qu'il ne s'agissait pas seulement de lutter contre l'empire de Margot, mais aussi de ce qu'ils pourraient construire une fois la poussière retombée. Demain, ils regarderaient l'horizon et décideraient si l'amour, forgé dans le feu et renouvelé dans le danger, pouvait devenir quelque chose de plus solide, quelque chose qui en vaudrait la peine au cours des jours à venir. Cette pensée fit naître en elle un espoir prudent, une lueur d'espoir qu'elle n'avait pas eue depuis des années. Alors que Liam s'approchait, leurs épaules se frôlèrent et il la regarda dans les yeux avec un sérieux qui lui fit comprendre que le plus grand pas n'était pas derrière eux, mais qu'il leur restait à le franchir.

Leur planification suivait un rythme tranquille, une danse hésitante de mots et de gestes qui témoignait d'une confiance retrouvée après tant de trahisons. Emma suivit la ligne des notes cachées de sa grand-mère et planifia comment ils allaient décrypter le labyrinthe de secrets enfouis sous les rues de Montmartre. Liam sortit le cahier usé qu'il avait conservé : des cartes, des indices, des croquis d'une histoire qui allait bien au-delà d'un simple vol d'œuvres d'art. Ils savaient tous deux qu'au-delà du danger immédiat se profilait un avenir façonné par des choix qu'ils n'avaient pas encore faits. Comment pouvaient-ils tracer leur vie au milieu d'un labyrinthe de mensonges, de trésors volés et de souvenirs fantomatiques ? Pourtant, le désir de trouver un moyen de transformer le chaos en un nouveau départ, de transformer l'aube naissante à travers les vitres fissurées, scintillait doucement.

Emma rompit enfin le silence, d'une voix douce mais résolue:

« Nous devons décider de la suite. Nous ne pouvons pas laisser cela être un moment éphémère, quelque chose à oublier une fois la tempête passée.»

Liam acquiesça, le poids de leurs révélations communes pesant sur eux.

« Le seul avenir que je vois, murmura-t-il, c'est celui pour lequel nous nous battons, tous les deux. Quoi qu'il en coûte. Nous le construirons sur la confiance, sur la vérité, en laissant derrière nous ce passé enchevêtré. »

Les mots restèrent suspendus dans l'air comme un pont fragile, une promesse d'aller de l'avant plutôt que de se laisser aller au désespoir. Leurs mains se tendirent alors, hésitantes mais fermes, marquant le début d'une nouvelle étape. Dans cette petite pièce délabrée, au milieu des vestiges d'un passé volé, ils osèrent regarder vers l'avenir, imaginant un monde où l'amour pourrait survivre au milieu des ruines.

S'approchant, Liam toucha doucement sa main, cherchant le contact de ses yeux.

« Nous ne prévoyons pas seulement de nous échapper, murmura-t-il. Nous planifions un avenir. Un avenir où les vérités que nous découvrirons apporteront enfin la paix. J'y crois. »

Emma serra ses doigts, le cœur battant la chamade, partagée entre la peur et l'espoir. Ils ne pouvaient pas prédire ce qui les attendait, mais à cet instant précis, fragile et tremblant, ils faisaient le premier pas réel vers la reconquête de ce qu'ils avaient perdu. La nuit tombait dehors, mais à l'intérieur, une nouvelle aube se profilait. Rêvant d'une vie au-delà des ombres, ils commençaient à tracer des perspectives incertaines, mais qui n'appartenaient qu'à eux. Un avenir où l'amour pourrait renaître, forgé dans la compréhension et la méfiance, prêt à affronter toutes les tempêtes à venir.

Dehors, la ville sous leur refuge délabré continuait de battre au rythme effréné, inconsciente des vies sur le point de changer sous ses pierres anciennes. Emma regarda autour d'elle, imaginant le jour où ils s'éloigneraient de ces secrets, main dans la main, laissant derrière eux leurs peurs. Le regard de Liam s'attarda sur elle, une étincelle de détermination brillant dans ses yeux. Ensemble, ils décideraient comment aller de l'avant, brique par brique, pas à pas. Le passé était un labyrinthe d'ombres, mais l'avenir, encore incertain, leur offrait des promesses qu'ils ne pouvaient ignorer. Alors que l'aube menaçait de percer à travers la fenêtre fissurée, leur serment tacite se murmura silencieusement : quoi qu'ils aient à affronter, ils le feraient ensemble, construisant à partir du chaos une nouvelle vie qui valait la peine d'être vécue.

***

Emma était assise tranquillement dans un café faiblement éclairé près de Montmartre, suivant les silhouettes brumeuses des toits à travers les vitraux. Le poids des dernières semaines pesait lourdement sur ses épaules, mais un étrange sentiment de calme persistait en elle. Elle repensait aux jours périlleux qu'ils avaient traversés, aux secrets découverts sous les rues anci ennes et à l'homme qui était devenu son point d'ancrage à travers toutes ces épreuves. Le chaos, autrefois assourdissant, s'était désormais atténué pour devenir un murmure lointain dans ses pensées, rappelant la tempête qui avait immobilisé leur train. Derrière elle, le cliquetis des tasses et le brouhaha des conversations s'estompaient pour devenir un fond sonore, comme si la ville elle-même retenait son souffle, attendant qu'elle exhale ses souvenirs.

Ses doigts effleuraient distraitement les bords de son journal usé, rempli de croquis et de notes, témoins d'un voyage qui avait bouleversé son univers. En y repensant, elle réalisait à quel point chaque rebondissement l'avait transformée. Il y avait eu des moments où elle avait cru perdre tout espoir, où l'ombre de la trahison s'était insinuée dans chaque recoin, souillant même ses souvenirs les plus chers.

Le jour où elle avait découvert la véritable histoire de sa grand-mère, c'était comme si elle avait démêlé une toile délicate, chaque fil l'entraînant plus loin dans des questions qu'elle n'avait jamais osé poser auparavant. Son passé d'enquêteuse, qui faisait autrefois partie intégrante de son identité, était revenu avec une clarté saisissante, la forçant à affronter les démons qu'elle avait tenté d'enfouir.

La présence de Liam avait brisé ses défenses au moment opportun, reflétant sa propre résilience par son honnêteté inattendue et sa force tranquille. Elle sourit doucement en se rappelant le regard qu'il lui avait adressé, un regard qui voyait au-delà des secrets superficiels. Pour la première fois, elle sentit une lueur d'espoir briller en elle, comme une flamme fragile qui refusait de s'éteindre. Leur voyage avait été jalonné d'embûches, de mensonges et de trahisons.

Ensemble, ils avaient découvert le labyrinthe des crimes de Margot, caché dans des chambres secrètes sous Montmartre, où les échos de ses actes passés résonnaient à travers le temps. Les documents, les photographies et les cartes qu'ils avaient découverts étaient chargés d'histoire, chaque pièce constituant un chapitre d'une histoire qui menaçait de les engloutir tous les deux. Et pourtant, au milieu du chaos, leur lien s'était renforcé, une alliance improbable forgée dans le feu et le danger partagé. La présence constante de Liam était devenue une bouée de sauvetage, un rappel que même dans les moments les plus sombres, les liens humains pouvaient subsister. Emma repensa au jour où ils avaient affronté Margot, à l'attente tendue dans cette pièce souterraine, les nerfs tendus comme des cordes de violon, le souffle retenu dans l'anticipation. Elle avait eu l'impression d'entrer dans l'histoire, chaque décision étant un coup dans un jeu qui pouvait se terminer par la ruine ou la rédemption.

Elle passa la main sur la délicate cicatrice à son poignet, celle que Liam avait soigneusement bandée la nuit où ils s'étaient échappés de l'appartement en ruine. Ce n'était pas seulement une marque de blessure, mais un symbole de confiance, un rappel de tout ce qu'ils avaient enduré. Tournant son regard vers les corbeaux qui tournaient au-dessus d'elle, elle se demanda combien de chemin elle avait parcouru depuis cette femme effrayée et incertaine qui était montée dans un train à la recherche d'un refuge. Elle savait désormais que sa force venait de ses racines, de la compréhension des secrets de sa famille et de l'acceptation de ses propres secrets. La détective en elle lui murmurait que ce n'était pas la fin, mais simplement le début de quelque chose de nouveau, de meilleur. La voix de Liam résonna doucement dans sa mémoire, lui promettant que leur combat n'était pas terminé, qu'ils avaient des comptes à régler et peut-être un nouveau départ qui les attendait au-delà de ces rues sombres.

Elle prit une profonde inspiration, sentant le pouls de la ville battre sous sa peau. Son voyage l'avait transformée, la façonnant en une nouvelle version d'elle-même, marquée, certes, mais intacte. Dans ce moment de calme, Emma se demanda si elle avait vraiment suffisamment réfléchi, si elle s'était accordé le temps d'accepter ses pertes et de célébrer ses victoires. Elle pensa aux œuvres d'art volées, aux vies restaurées, à l'avenir qui se dessinait devant elle.

Mais surtout, elle ressentait une lueur d'espoir pour Liam, qui était devenu plus qu'un compagnon : il était son partenaire dans tous les sens du terme. Elle regarda le brouillard tourbillonnant, miroir de ses propres pensées tourbillonnantes, et comprit quelque chose de profond. Le chemin qui l'attendait était incertain, semé de secrets à découvrir et de dangers qui se cachaient juste au-delà de la vue. Mais tant qu'ils l'affronteraient ensemble, rien ne pourrait vraiment les briser. Leurs cœurs, éprouvés par le feu, battaient désormais à l'unisson, résilients et prêts. Dans ce moment de réflexion silencieuse, Emma savait qu'une nouvelle histoire prenait forme, une histoire d'amour, de force et de courage pour aller de l'avant, quelles que soient les ombres qui persistaient dans l'obscurité.

13
Retour à Paris

Emma regardait par la fenêtre étroite du train, observant la pluie ruisseler sur la vitre comme des larmes. Le paysage se fondait dans une brume grise, reflétant le brouillard qui l'habitait. Son cœur était en proie à des sentiments contradictoires : soulagement, peur, espoir, qui se disputaient la primauté tandis que les kilomètres défilaient, entre chaos et calme.

Elle avait quitté Londres avec pour seuls bagages une valise cabossée et une lettre qu'elle ne comprenait pas tout à fait, espérant que Paris lui apporterait des réponses. Le train avançait dans un cliquetis régulier qui contrastait fortement avec le tumulte de ses pensées, et au fond d'elle-même, elle pressentait que cette nuit marquerait le début d'un changement radical, pour le meilleur ou pour le pire.

De l'autre côté du wagon, Liam était assis, la tête appuyée contre la vitre, le regard perdu dans le vague. Son sac était posé par terre, à moitié ouvert, des papiers s'en échappaient, comme si une partie de lui essayait de s'échapper du poids invisible qui l'oppressait. Il était venu à la gare en quête d'inspiration, d'une dernière chance de sauver sa vie avant de se résigner à une existence routinière et oubliée. La tempête à l'extérieur avait transformé le voyage en une épreuve : les inondations bloquaient les voies, les retards s'accumulaient comme des briques sur sa poitrine. Au début, le retard n'était qu'un désagrément mineur, puis il était devenu un cauchemar. Mais au fil des heures, il avait commencé à ressentir un étrange sentiment d'anticipation, avec la conscience vacillante que quelque chose d'important se préparait dans ce chaos nocturne.

Emma se surprit à jeter des regards furtifs à Liam, remarquant sa barbe mal rasée et ses doigts qui tapotaient nerveusement son genou. Il avait l'air de quelqu'un habitué aux histoires mouvementées, mais fatigué de lutter contre les fantômes du passé. Elle se demanda s'il était vraiment un chroniqueur en quête d'aventure ou s'il cachait quelque chose de plus sombre sous son apparence fatiguée. Ses propres secrets bouillonnaient sous sa peau, attendant de refaire surface. Dans la lumière vacillante du wagon, les ombres projetées par la tempête dansaient sur les murs, créant des fenêtres sur leurs vies brisées, toutes deux fragiles, toutes deux poursuivant secrètement quelque chose enfoui sous des couches d'artifice. L'air s'épaississait de vérités tacitées alors que le train avançait lentement vers Paris, chaque passager plongé dans son propre tumulte, mais lié aux autres par cette captivité imprévue.

Puis, à Calais, le train s'arrêta dans un crissement qui fit sursauter Emma, qui s'agrippa à l'accoudoir. Dehors, la tempête faisait rage, le ciel pleurait à torrents. À travers la fenêtre, le quai disparaissait dans l'ombre, et le grondement lointain du tonnerre menaçait de couvrir le bruit des pas précipités et des ordres chuchotés. Emma sentit son estomac se nouer : le transfert rapide qu'ils devaient subir s'étirait désormais sur plusieurs heures. Elle aperçut Liam qui attrapait son manteau, jetant un regard inquiet sur son téléphone, dont les yeux brillaient d'une suspicion inquiète. Leur petit espace fut soudain envahi par une énergie tendue. Aucun des deux ne prononça de mot, mais l'air entre eux était chargé d'une certitude : quelque chose d'invisible se tramait dans l'obscurité au-delà de la vitre, quelque chose qui allait tout changer.

De retour à l'intérieur, Emma plongea instinctivement la main dans son sac et en sortit son carnet de croquis. Elle se mit à dessiner, le crayon glissant avec une aisance qui trahissait sa nervosité. Ses croquis n'étaient pas de simples gribouillages, mais des représentations précises des dispositifs de sécurité, des issues de secours et des caméras du train. Liam aperçut sa main qui bougeait rapidement sur le papier, et une étincelle de curiosité illumina ses yeux.

« Êtes-vous architecte ? » demanda-t-il doucement en se penchant vers elle.

Emma hésita, puis secoua la tête.

« J'essaie juste de rester calme. »

Sa voix était ferme, mais ses doigts tremblants trahissaient son trouble. Pour Liam, c'était un signe subtil : elle cachait quelque chose, quelque chose qu'elle n'était pas prête à révéler, ou qu'elle ne voulait pas dévoiler.

Le moment resta suspendu tandis que la tempête faisait rage à l'extérieur, leurs secrets enveloppés dans l'ombre, le train silencieux, figé dans une nuit qui semblait trop longue et trop lourde à supporter. Vers minuit, le train trembla à nouveau. Liam vérifia son téléphone : il n'y avait aucun signal. Son estomac se noua. Puis, dans l'obscurité, il vit Emma se raidir. Elle l'observait, les yeux plissés, les lèvres serrées.

Sans un mot, elle attrapa son sac, en sortit son téléphone et un petit carnet usé. Liam l'a vue jeter un rapide coup d'œil par-dessus son épaule, comme si elle craignait d'être écoutée. Lorsque leurs regards se sont croisés, le visage d'Emma était blanc comme un linge. Elle a murmuré :

« Je vous ai vu parler au téléphone tout à l'heure. Étiez-vous... »

Liam l'a interrompue doucement, la voix rauque: « Je vérifiais l'heure. Rien de plus. »

Mais le soupçon persista, non pas parce qu'il avait menti, mais parce que l'instinct d'Emma était plus affûté qu'elle ne le laissait paraître. Dehors, la tempête faisait rage, et quelque part derrière la vitre trempée par la pluie, une menace invisible se déplaçait furtivement dans l'ombre, attendant le moment propice pour frapper. À l'insu des deux jeunes gens, au cœur de ce chaos, leurs vies s'entremêlaient lentement.

Chaque seconde qui passait les rapprochait d'une vérité qu'ils n'osaient reconnaître. Le cœur d'Emma battait au même rythme que le tonnerre, le même rythme qui lui disait que la mystérieuse lettre de sa grand-mère n'était pas une coïncidence et que la tempête n'était qu'un rideau dissimulant ce qui allait arriver. L'esprit de Liam tournait à toute vitesse, assemblant les fragments de conversations entendues par hasard, les échanges secrets et l'étrange détermination qui se cachait derrière le silence prudent d'Emma. Dans ce wagon ballotté par la tempête, enveloppé par l'obscurité et le danger, ils n'étaient plus des étrangers. Ils étaient les acteurs d'un jeu bien plus grand qu'ils ne l'auraient jamais imaginé, marchant au bord d'un précipice qui allait bientôt les entraîner au cœur d'une obscurité qu'ils ne pouvaient pas encore entrevoir, mais dont ils allaient prendre conscience trop tard. La nuit s'étirait, pleine d'ombres et de murmures, promettant que l'aube, et avec elle la révélation, n'était qu'à quelques encablures de l'horizon de la peur.

***

La pluie était tombée sans relâche toute la nuit. L'eau s'était infiltrée dans chaque interstice, transformant le quai en une surface glissante et luisante qui reflétait la lueur terne des lumières de la ville lointaine. Le moteur du train toussait et crachait, signe qu'il ne bougerait pas avant un certain temps. Le manteau d'Emma était trempé, et elle serrait son sac contre elle, jetant des regards inquiets autour d'elle dans la gare déserte.

Au milieu du chaos de la tempête, une silhouette solitaire se débattait à l'autre bout du quai, traînant une valise qui semblait lutter contre le vent. Le visage de l'homme était caché sous un chapeau abîmé et une écharpe épaisse, et il semblait tendu, cherchant un moyen d'obtenir de l'aide. Emma hésita, puis hésita encore. Malgré ses propres problèmes — sa poitrine était serrée par la fatigue et l'anxiété —, elle ne pouvait ignorer la détresse de cet homme.

Elle fit un pas hésitant en avant, éclaboussant les flaques d'eau à mesure qu'elle s'approchait. L'homme leva les yeux, cherchant à voir sous le bord de son chapeau, et lorsqu'il la vit s'approcher, un léger soulagement se peignit sur son visage.

« Excusez-moi », dit Emma doucement, essayant de masquer sa fatigue, « avez-vous besoin d'aide ? »

Sa voix était rauque, empreinte d'épuisement, mais empreinte de gratitude.

« Oui, s'il vous plaît », répondit-il d'une voix cassée. « Je suis coincé ici depuis des heures et la batterie de mon téléphone est déchargée. Je ne sais pas quoi faire.

»

Il expliqua qu'il était un voyageur, pris dans la même tempête qui avait paralysé tous les transports en commun de la ville. Sa destination n'était qu'à quelques kilomètres, mais les voies inondées avaient immobilisé tout le monde.

Instinctivement compatissante, Emma fouilla dans son sac et en sortit son écharpe, qu'elle enroula autour des épaules de l'homme pour le réchauffer.

« Il y a une station de taxis à l'intérieur de la gare, mais elle est probablement inondée ou fermée », dit-elle en essayant de paraître pragmatique.

« Je peux rester avec vous un moment, voir s'il y a un moyen de vous sortir de là, ou au moins trouver quelqu'un qui puisse vous aider. »

L'homme acquiesça avec gratitude, les mains tremblantes alors qu'il tenait sa manche.

« Merci. J'errais sur ces quais depuis des heures. C'est comme si la tempête avait tout englouti. »

Alors qu'ils se dirigeaient vers le bâtiment de la gare, l'esprit d'Emma s'emballa. Elle savait ce que l'on ressentait dans une telle situation : être piégé, ne pas savoir si les secours allaient arriver, rechercher désespérément le moindre signe de sécurité. Son cœur se serra, envahi par un étrange mélange de compassion et de curiosité. Au milieu du chaos, elle sentit qu'il n'était pas simplement un voyageur en détresse, mais qu'il dégageait quelque chose d'inhabituel. Ses yeux reflétaient une vigilance méfiante, comme s'il cachait un secret derrière son apparence fatiguée. À l'intérieur de la gare, les lumières vacillantes projetaient de longues ombres sur les bancs abandonnés et les distributeurs de billets abîmés. L'air embaumait l'odeur du papier humide et des espoirs perdus, et Emma avait l'impression d'être observée par des regards invisibles depuis les coins sombres.

Il finit par s'installer sur un banc près du kiosque d'information vide, sortit une carte froissée et tenta de trouver un moyen de sortir. Emma regarda autour d'elle, examinant les quelques personnes présentes, pour la plupart des employés de la gare qui avaient réussi à se mettre à l'abri ou qui étaient trop bouleversés pour remarquer quoi que ce soit. Soudain, elle aperçut une silhouette dans un coin, une ombre qui bougeait à la périphérie de son champ de vision. Quand elle se retourna, elle vit une femme qui les observait, tripotant son sac à main, le regard vif malgré son apparence calme. L'instinct d'Emma se mit en alerte. Cette femme était-elle liée d'une manière ou d'une autre à ces problèmes ? Son regard s'attarda sur la femme dont les lèvres esquissèrent un léger sourire, puis elle se détourna et se fondit à nouveau dans l'ombre. Le pouls d'Emma s'accéléra, mais elle se contenta de murmurer :

« Il y a des gens qui ne veulent pas que nous partions d'ici. »

L'inconnu à côté d'elle murmura :

« Il y a des gens qui ne veulent pas que nous partions d'ici. Soyez prudente. »

Emma retint son souffle. Elle ne savait pas si c'était à cause de la tempête, de sa peur grandissante ou du fait qu'ils étaient peut-être pris dans un piège bien plus dangereux qu'ils ne l'avaient imaginé. Chaque recoin de la gare lui semblait à présent être un piège prêt à se refermer sur eux. Alors que les questions envahissaient son esprit, une sirène lointaine retentit, résonnant dans la nuit comme un avertissement. La tempête faisait rage à l'extérieur, mais une autre tempête se préparait à l'intérieur d'elle, une tempête qui risquait de détruire tout ce qu'elle essayait de protéger. Elle agrippa instinctivement la manche de Liam, non par gentillesse, mais parce qu'elle sentait que cette nuit n'était que le début d'une révélation.

***

Le train était devenu un univers confiné, comprimé par le doute et le poids oppressant des secrets. Emma était assise raide sur son siège, les croquis toujours serrés dans sa main, les yeux rivés sur Liam et la fenêtre sombre. Chaque craquement du haut-parleur semblait amplifié, chaque message était accompagné d'un léger écho de danger encore invisible. Sous l'emprise implacable de la tempête, leur voyage s'était transformé en un cauchemar suspendu, mais dans ce chaos naissait un nouveau fil. Le pouls d'Emma s'accéléra : elle le sentait dans l'air, une vérité tacite qui attendait d'être révélée, la maintenant fermement au bord de la découverte.

Liam l'observait, remarquant le léger tremblement de ses mains, la façon dont son regard s'attardait sur le couloir vide au-delà de leur compartiment. La tension entre eux était palpable, plus épaisse que le brouillard qui envahissait l'intérieur sombre du train. Derrière ses yeux méfiants se cachait une curiosité agitée qui le poussait toujours plus profondément dans le labyrinthe du mystère. Il y a quelques heures encore, ils n'étaient que deux voyageurs égarés, chacun dissimulant des fragments de son passé. À présent, sous cette apparence, un nouvel indice brillait, indiquant que les ombres qui les suivaient étaient encore plus profondes. Le léger cliquetis du stylo d'Emma sur son carnet ressemblait presque à un signal, un murmure subtil l'exhortant à prêter davantage attention.

Quelques jours plus tôt, Emma avait ignoré son instinct en considérant les étranges croquis qu'elle avait glissés dans son sac comme de simples gribouillages. À présent, ces dessins semblaient revêtir un sens particulier. Elle avait capturé l'architecture du train avec une précision obsessionnelle : les issues de secours, les caméras de sécurité, les recoins cachés, tout cela d'une manière qui suggérait des connaissances dépassant ses capacités habituelles. Alors qu'elle suivait les lignes du bout des doigts tremblants, elle se souvint d'un fragment de la lettre de sa grand-mère : une phrase datée qui mentionnait des « compartiments cachés » et des « passages secrets ». Ces croquis étaient-ils plus qu'un simple exercice artistique ? Étaient-ils une carte, un indice qui la mènerait directement au trésor perdu de sa grand-mère, ou pire, au danger même qu'elle tentait d'échapper ?

Dans le silence qui suivit, Liam se pencha légèrement en avant, la voix basse mais déterminée.

« Vous ne dessinez pas juste pour passer le temps, n'est-ce pas ? » Son regard était empreint de suspicion et de curiosité.

Emma hésita, puis secoua lentement la tête, les lèvres pincées.

« Ce ne sont pas seulement des croquis. Ce sont... des choses que j'ai vues et dont ma grand-mère m'a raconté des histoires. »

Sa voix était à peine plus forte qu'un murmure. Liam fronça les sourcils et, tendant subtilement la main, effleura son carnet, sentant son importance. Dehors, un éclair illumina la tempête comme une cicatrice dentelée dans le ciel, laissant entrevoir le chaos qui régnait au-delà des parois du train. La tempête ne faisait pas que retarder leur voyage, elle était une barrière, une porte qui empêchait quelque chose de dangereux d'atteindre leur monde, quelque chose qui était peut-être en train de s'y glisser.

Plus tard dans la nuit, à la lueur vacillante d'une bougie dans le compartiment, Emma repensa au moment où elle avait surpris la conversation urgente de Liam. Lorsque le train s'était arrêté à Amiens, elle avait capté des bribes de leur conversation précipitée, des mots prononcés dans une langue qu'elle ne comprenait pas complètement. Elle avait jeté un coup d'œil par la fente de la porte lorsqu'elle l'avait entendu mentionner « le colis », « demain » et «priorité ». Cet échange énigmatique lui donna la chair de poule et son cœur battit au rythme du tonnerre dehors. Elle pensait qu'il n'était qu'un écrivain errant, un homme perdu dans ses propres problèmes, mais elle voyait maintenant les fissures dans son apparence calme. Était-il impliqué dans quelque chose de plus complexe ? Cachait-il un secret lié au passé mystérieux de sa grand-mère ? La confiance s'effritait peu à peu, à mesure que le danger devenait plus concret.

Emma serra les poings, sentant le métal froid de sa bague, qui lui rappelait à quel point sa vie était devenue compliquée : travail, amour, secrets, tout s'effondrait. Son esprit refusait de lâcher prise sur la lettre, sur ces mots énigmatiques évoquant un « trésor », une « résistance » et une « vérité ». Ce n'était pas une coïncidence. D'une manière ou d'une autre, le passé de sa grand-mère avait jeté une ombre suffisamment longue pour atteindre son présent et infecter chaque page de sa vie. L'idée que quelqu'un dans ce train pouvait l'observer, attendre le moment propice pour frapper, lui coupait le souffle.

Elle se demandait si Liam le sentait aussi. S'il avait remarqué la façon dont sa mâchoire se crispait lorsqu'une nouvelle ombre croisait son chemin ou la façon dont il fixait chaque inconnu dans le wagon, qui pouvait être plus que ce qu'il semblait être. Au fur et à mesure que la nuit avançait, l'atmosphère passa d'un silence inquiétant à une tempête de questions et de possibilités.

Emma savait qu'elle devait agir. Chaque indice, chaque croquis, chaque mot murmuré dans l'obscurité constituait une pièce du puzzle. Les paroles de sa grand-mère résonnaient dans sa tête :

« La vérité se trouve dans les ombres, elles cachent la clé. »

Tandis qu'elle regardait une fois de plus ses croquis, qui ne représentaient pas seulement un train, mais aussi des portes secrètes, des chambres cachées et des passages secrets, ses doigts tremblèrent. Quelque chose d'inexplicable se cachait sous le vernis de sa vie ordinaire, et elle était déterminée à le découvrir. Elle surprit Liam en train de la regarder à nouveau, et pendant une fraction de seconde, elle vit une lueur de reconnaissance, une promesse silencieuse qu'ils affronteraient ensemble ce qui les attendait. Car maintenant plus que jamais, leurs vies en dépendaient.

14
La prochaine aventure commence

La pièce située sous les rues sinueuses de Montmartre était silencieuse, à l'exception de l'écho faible des pas au-dessus. Les doigts d'Emma tremblaient tandis qu'elle suivait le contour de la petite porte dissimulée qu'elle avait découverte derrière un faux mur dans la chambre secrète.

L'air était chargé de poussière et d'odeurs de parchemins vieillis, de souvenirs enfouis depuis des décennies. Chaque recoin de cet espace secret évoquait des histoires oubliées depuis longtemps, mais le cœur d'Emma battait la chamade à l'idée qu'elle était plus proche que jamais de découvrir l'héritage véritable de sa grand-mère. Elle appuya sa paume contre la pierre sculptée et froide, sentant un frisson d'anticipation la parcourir.

Liam s'attarda sur le seuil, scrutant les passages sombres qui s'enfonçaient dans le labyrinthe. Les ombres dansaient au rythme des clignotements de sa lampe torche, éclairant un enchevêtrement de caisses, de cartes et de journaux empilés pêle-mêle contre les murs. Son esprit tournait à toute vitesse, reconstituant les fragments de ce qu'ils avaient découvert :

des registres d'œuvres d'art volées, des messages codés et des références à un réseau clandestin s'étendant à travers l'Europe. Il ne s'agissait pas seulement d'un trésor perdu depuis longtemps, mais d'une histoire cachée et dissimulée, de secrets si anciens qu'ils semblaient presque sacrés. Le poids de leur découverte entremêlait les fils de leur propre vie à ceux de ces reliques enfouies du passé.

Les yeux d'Emma se remplirent de larmes lorsqu'elle découvrit un journal relié en cuir dont les pages étaient fragilisées par le temps. En le feuilletant, elle trouva des notes méticuleuses écrites de la main de sa grand-mère : des croquis de peintures, des listes de transactions suspectes, des annotations correspondant à des lieux situés le long des itinéraires ferroviaires qu'ils avaient empruntés. Soudain, une photographie glissa entre les pages et refléta la faible lumière : l'image défraîchie d'une jeune femme, bras dessus bras dessous avec un homme en uniforme de la Résistance, se tenait fièrement à côté d'une porte identique à celle qui se trouvait devant Emma. Son souffle se coupa. C'était la preuve qui allait bouleverser tout ce qu'ils pensaient savoir sur sa famille. L'empire secret de sa grand-mère n'était pas seulement une histoire de vol d'œuvres d'art, c'était un réseau qui s'étendait sur plusieurs générations, indestructible et sombre.

Le bruit lointain de pas au-dessus d'eux glaça le sang de Liam. Quelqu'un arrivait. Emma tendit instinctivement la main vers le journal et le serra fermement. Liam lui fit signe en silence, plissant les yeux pour scruter la silhouette qui se profilait dans le couloir. Ils savaient tous deux qu'ils n'étaient pas seuls : leur présence dans ces tunnels interdits constituait une menace pour ceux qui avaient veillé à ce que ces secrets demeurent bien gardés pendant toutes ces années. Chaque craquement de la vieille pierre, chaque murmure du vent dans les passages secrets aiguisait leur vigilance. Le calme se transforma en un silence tendu, rompu seulement par les battements de leurs cœurs. Quel que soit le secret qui se cachait derrière cette petite porte en bois, il était désormais à leur portée, et le danger les talonnait, se rapprochant rapidement.

Emma hésita, puis poussa la porte qui s'ouvrit avec un léger clic. À l'intérieur se trouvait une petite pièce remplie de piles d'artefacts défraîchis, de toiles enroulées et de boîtes marquées de symboles énigmatiques. Elle avança lentement, suivant du regard les gravures : une série de cercles entrelacés, un symbole qu'elle avait déjà vu grâce aux notes de sa grand-mère. Les murs étaient tapissés d'autres documents : des photographies de chefs-d'œuvre volés, des registres et des codes manuscrits. Liam entra derrière elle, le poids de cette découverte sur les épaules. Il ne s'agissait pas seulement d'œuvres d'art cachées, mais d'une longue histoire de trahison, de tromperie et de mensonges enfouis sous les rues de Montmartre. Le cœur d'Emma battait à tout rompre : elle se trouvait à la croisée de la vérité et du mythe, et tout ce qu'elle croyait savoir menaçait de s'écrouler.

Soudain, un faible bip rompit le silence : une alerte provenait de l'appareil d'Emma. Elle se figea, réalisant que son appareil était toujours allumé et en transmission. La panique se peignit sur son visage lorsqu'elle regarda Liam. Avaient-ils été compromis depuis le début ? Ses doigts effleurèrent rapidement l'écran, essayant de se déconnecter, mais l'écran de l'appareil clignota de manière inquiétante. Un message apparut alors :

« Retirez l'appareil, sinon ils vous trouveront. »

Emma sentit son estomac se nouer. Quelqu'un les observait. Quelqu'un savait qu'ils étaient là. Tout était lié à un jeu mortel : leurs vies, les secrets qu'ils déco uvraient... Et maintenant, la situation dépassait tout contrôle. Des ombres bougeaient au fond de la pièce et ils comprirent alors que chacun de leurs pas était surveillé et que le passé caché qui devait rester enfoui était sur le point de réécrire leur avenir à jamais.

***

L'air de l'appartement de Montmartre était chargé d'anticipation, chaque souffle lourd de secrets longtemps enfouis. Les doigts d'Emma tremblaient tandis qu'elle suivait du bout des doigts les bords défraîchis des photographies et des documents qu'elle avait découverts. Les murs autour d'elle semblaient palpiter de souvenirs fantomatiques, murmurant un passé qu'elle n'osait pas affronter pleinement. Chaque pas qu'elle faisait résonnait du poids de l'histoire : la vie cachée de sa grand-mère, les mensonges tissés dans l'héritage de sa famille. Le silence était assourdissant, rompu seulement par le bruissement des papiers et le bourdonnement lointain de la ville en contrebas, l'appelant à avancer, mais la retenant prisonnière des fantômes qu'elle tentait d'oublier.

Dehors, les ombres du soir s'étiraient sur les pavés, enveloppant les rues d'un manteau de crépuscule. Liam se tenait près de la fenêtre étroite, les yeux fixés sur la ruelle animée en contrebas. La vérité qu'ils avaient découverte dans les chambres secrètes sous l'appartement était stupéfiante : des registres d'œuvres d'art volées, des transactions aussi fluides que les fils d'une toile d'araignée, tissées au fil des décennies. Chaque document était une pièce d'un puzzle qu'elle croyait à jamais brisé.

Les révélations d'Emma sur le véritable rôle de sa grand-mère le firent frissonner : ils se trouvaient là, au cœur de Paris, face à un héritage qui menaçait de les anéantir. L'air était chargé de l'électricité d'une confrontation imminente, et il savait que le moment était proche où tous leurs plans et leurs espoirs seraient mis à l'épreuve. Alors qu'Emma rangeait soigneusement les fragiles preuves dans un sac en cuir usé, son esprit passait en revue toutes les possibilités.

La trahison de Margot, le tissu de mensonges et les sombres secrets qui avaient soutenu son empire criminel pendant des décennies : toutes ces pièces con-vergeaient désormais entre ses mains. Le sacrifice de sa famille, les images volées, les documents falsifiés : tout cela l'avait menée jusqu'à ce moment de vérité. Elle serra les poings, sentant l'adrénaline aiguiser ses sens. Ils étaient arrivés si loin, poussés par les fantômes du passé et le besoin désespéré de rétablir la vérité. Pour-tant, malgré sa détermination, un doute persistait : pouvaient-ils tout révéler sans en payer le prix fort ? Le temps semblait s'être arrêté, seul le bruit lointain d'un train lui rappelait que le voyage était encore inachevé. Le dénouement approchait, juste au-delà de l'horizon de ses craintes, promettant soit la justice, soit le désas-tre.

***

Le soleil matinal perçait à peine les nuages tandis qu'Emma se tenait près de la fenêtre du wagon bondé, serrant fermement son sac. Dehors, le paysage défilait dans des tons grisâtres : des champs détrempés par la pluie de la nuit précédente, des arbres dénudés qui se dressaient vers le ciel et, au loin, les silhouettes des villages qui se fondaient dans la brume. Chaque kilomètre parcouru lui donnait l'impression de se débarrasser d'une couche de son ancienne vie, mais sous son apparence calme, une tempête de nerfs faisait rage. Son cœur battait un peu plus vite à chaque secousse du train sur les rails irréguliers, les ombres du doute et de l'espoir s'entremêlant. L'air du wagon était lourd de tension, le silence seulement ponctué par le cliquetis rythmique des roues sur les rails et le tourbillon de ses pensées.

À côté d'elle, Liam s'agitait sur son siège, les yeux fixés sur l'horizon, bien qu'il essayait de se concentrer sur le paysage qui défilait. Son front était plissé, non seulement à cause des secousses, mais aussi du poids des secrets partagés et cachés. La tempête qui faisait rage dehors les avait pris au dépourvu, transformant ce qui aurait dû être un simple voyage en une épreuve de patience et d'endurance. À cette heure tardive, la plupart des passagers s'étaient installés dans un silence inconfortable, regardant par la fenêtre ou perdus dans leurs pensées. Emma surprit Liam lui jetant des regards furtifs, une lueur qu'elle ne parvint pas à identifier : curiosité, suspicion, ou peut-être simplement la fatigue qui l'envahissait. Quoi qu'il en soit, leur situation commune était sur le point de les pousser à prendre une décision qu'ils ne comprenaient pas encore complètement.

Alors que la tempête se rapprochait, étouffant le grondement lointain du tonnerre, Emma caressa du bout des doigts les bords de la mystérieuse lettre de sa grand-mère. Le mot avait été glissé dans un album photo défraîchi, fragile et jauni par le temps, mais les mots étaient clairs : un « trésor » caché à Montmartre, attendant d'être découvert. Cette lettre était son seul indice, le dernier lien avec une femme qu'elle n'avait jamais vraiment connue, mais dont l'ombre la hantait à chaque instant. Elle repensa à la résistance de sa grand-mère, aux secrets qu'elle avait gardés pendant des décennies, et elle sentit, ici, dans cette cage métallique flottante, ces secrets prendre vie et exiger des réponses. Le pouls d'Emma s'accéléra ; quelque chose lui disait que ce voyage ne servirait pas seulement à atteindre Paris, mais aussi à découvrir des vérités enfouies sous des couches d'histoire et de tromperie.

Face à elle, Liam rompit enfin le silence, d'une voix basse mais avec une pointe d'excitation cachée sous la fatigue.

« Vous savez, j'ai connu beaucoup d'arrêts imprévus au cours de mes voyages », dit-il en lui jetant un regard accompagné d'un demi-sourire. « Mais cette tempête qui transforme notre voyage en un exil temporaire, c'est une histoire en soi. »

Emma acquiesça d'un signe de tête, esquissant un sourire, mais son esprit était à des milliers de kilomètres. Les lumières de secours du train projetaient des ombres mouvantes sur leurs visages, transformant momentanément des étrangers en complices, en alliés dans ce mystère qui se déroulait sous leurs yeux. Liam jeta un coup d'œil à son carnet de croquis, sentant la détermination subtile dans sa posture. Dans cet échange silencieux et tacite, une entente se forma : quoi que leur réserve l'avenir, ils y feraient face ensemble, s'aventurant dans l'inconnu avec pour seules armes leur détermination commune et l'espoir de trouver des réponses qui pourraient changer leur vie à jamais.

Puis, dans la faible lueur de la cabine, Emma vit le visage de Liam changer. Son regard se posa sur un petit appareil discret qu'il tenait dans sa main. Il s'agissait de l'objet qu'il avait apporté en secret dans le wagon. Il murmura quelque chose, d'une voix étouffée, dans une langue étrangère et sèche. Il acquiesça rapidement, presque imperceptiblement, puis le silence se fit à nouveau. Emma sentit son estomac se nouer. Son instinct lui soufflait que quelque chose n'allait pas. La façon dont il s'était interrompu, l'urgence dans sa voix... Que cachait-il ? Une pensée fugace lui traversa l'esprit : et si c'était simplement parce qu'il était nerveux ? Ou peut-être avait-il une raison de garder des secrets. Mais à cet instant, le fil de son incertitude se resserra. Ses muscles se tendirent lorsqu'elle se remémora les avertissements de sa grand-mère qui lui avait recommandé de ne pas faire confiance trop facilement et de se méfier des dangers dissimulés derrière les visages familiers. Le grondement rythmique du train semblait maintenant tonner, faisant écho aux battements de son cœur, tandis qu'elle se demandait si l'horizon vers lequel ils se précipitaient cachait des vérités bien plus sombres que les tempêtes ou les ombres qui les attendaient.

Plus loin dans le couloir, le murmure de voix provenant d'un wagon voisin se fit entendre : un autre retard, une autre histoire qui se déroulait à voix basse. Emma ferma les yeux un instant, essayant de calmer sa respiration. Dehors, la pluie a commencé à fouetter les vitres, chaque goutte résonnant comme le battement d'un tambour annonçant une révélation imminente. Quelque part dans cette tempête, sa destination se profilait, un endroit où sa grand-mère jurait qu'elle trouverait des réponses, mais aussi le danger. Emma serra la lettre entre ses doigts, le papier lui semblant être un talisman contre l'incertitude. Une rafale de vent fit vibrer la porte du wagon et, l'espace d'une seconde, elle crut voir une ombre se glisser dans l'obscurité, silencieuse et déterminée. Son esprit était envahi par des images de Montmartre : les ruelles sinueuses, les pièces secrètes, les passages cachés, autant d'endroits où sa grand-mère aurait pu dissimuler des secrets. Combien de mensonges ou de vérités étaient enfouis dans ces vieux croquis et ces histoires chargées d'histoire ? La nuit s'étirait, et à chaque kilomètre parcouru, Emma sentait le poids de l'histoire s'abattre sur elle, prêt à réécrire son propre récit. L'horizon murmurait des promesses de réponses, mais alors que la tempête menaçait d'engloutir le ciel, elle savait que la véritable révélation ne faisait que commencer.

15
Épilogue : Amour et héritage

Emma s'installa dans le doux murmure de son petit appartement à Montmartre, bercée par le bourdonnement discret de la ville qui lui rappelait un vieux manteau familier. C'était étrange, elle se sentait si paisible maintenant, après des mois de chaos et d'ombres. La légère odeur de baguette fraîche et le son lointain des cloches de l'église lui servaient de berceuse, dont elle ignorait qu'elle en avait besoin. Pourtant, sous cette apparence calme, une tension silencieuse couvait, faisant écho aux secrets qu'elle avait découverts et à la tempête qui continuait de menacer derrière sa porte. Londres semblait à des années-lumière, mais son esprit s'y rendait parfois, retraçant les contours de son ancienne vie avec une douce amertume. Les salles d'exposition vides, le visage de son ex-fiancé gravé dans sa mémoire et le poids de ses vérités tacites.

Elle avait troqué son chagrin contre une quête tranquille, menant ses journées avec une détermination discrète. Souvent, elle se promenait dans les ruelles étroites de Montmartre, d'un pas léger mais délibéré, comme si elle cherchait une porte cachée ou une pièce manquante du puzzle de sa famille. Personne, pas même Liam, qui partageait désormais sa vie silencieuse, ne connaissait la vérité qu'elle portait en elle. Il était une présence constante dans son quotidien.

De l'autre côté de la Manche, la vie de Liam avait pris un nouveau rythme. Ses matinées commençaient par une tasse de café que il savourait lentement, comme un acte de rébellion contre la précipitation qui l'animait autrefois dans les zones de guerre. Son bureau faisait face à une fenêtre donnant sur une rue calme de Londres, un endroit où il pouvait respirer sans entendre les explosions lointaines résonner. Les interruptions de son passé – les crises de panique, les fantômes des souvenirs qu'il ne pouvait chasser – le hantaient toujours, mais ici, dans la lumière tamisée, il trouvait des moments de paix. Pourtant, au fond de lui, une partie agitée se demandait si les jours qui lui restaient pourraient être remplis d'histoires qui valaient la peine d'être racontées, des histoires d'espoir plus que de désespoir.

Sa routine fut interrompue un soir par l'arrivée d'une lettre, une enveloppe défraîchie, tamponnée, portant l'écriture de sa grand-mère. Les mains tremblantes, Emma l'ouvrit et découvrit une feuille de papier froissée, remplie d'une écriture précipitée et d'un dernier message énigmatique : un nom, une date et une simple instruction de regarder sous la plus vieille pierre de Montmartre. C'était le premier signe que sa vie tranquille n'était qu'une façade dissimulant quelque chose de bien plus dangereux. Liam, qui lisait par-dessus son épaule, eut un sentiment de reconnaissance mêlé de malaise. Il y avait dans cette lettre quelque chose qui le titillait, lui murmurant que leurs jours paisibles étaient peut-être comptés et que sous cette surface calme, des tempêtes attendaient patiemment de se déchaîner.

***

La pièce était faiblement éclairée, des ombres dansaient sur les murs craquelés tandis qu'Emma avançait prudemment. L'air était chargé de poussière et d'une légère odeur de toile ancienne et de secrets oubliés. Elle passa ses doigts sur une bibliothèque en ruine dont les étagères s'affaissaient sous le poids des années, chacune dissimulant les murmures d'un passé qu'elle commençait à peine à appréhender. L'appartement secret sous Montmartre était plus qu'une cachette ; c'était un coffre-fort rempli d'histoire, marqué par les cicatrices d'une guerre qui refusait de s'effacer. Le cœur d'Emma battait à tout rompre dans sa poitrine, tandis qu'elle suivait le contour d'un levier caché derrière une rangée de tableaux défraîchis. Juste derrière, un léger clic résonna doucement dans le silence, signe qu'elle avait trouvé ce qu'elle cherchait... si seulement elle pouvait déchiffrer le message.

Liam la suivait de près, les yeux rivés sur l'espace encombré, comme s'il attendait que les ombres prennent vie. Il ne respirait pas, chaque souffle était un pari, comme si les murs eux-mêmes l'observaient, attendant de révéler ce qui avait été gardé secret pendant des décennies. Les murmures de l'histoire semblaient s'échapper de tous les coins, des voix indistinctes du passé qui l'exhortaient à tendre l'oreille. Les photographies, les documents déchirés et les artefacts rouillés laissaient tous entrevoir une histoire enfouie profondément sous la surface de Montmartre. Ils étaient allés trop loin pour faire demi-tour maintenant, mais les enjeux augmentaient à chaque seconde qui passait.

Quelque part dans ce labyrinthe secret se trouvait la vérité, et Emma savait, plus que jamais, que l'héritage caché de sa grand-mère était lié à tout cela, empêtré dans les ombres de ce labyrinthe clandestin.

Les mains tremblantes, Emma actionna le levier, révélant un passage secret qui descendait en spirale et était baigné par la faible lueur orange d'une lanterne souterraine. L'air devint plus froid, plus lourd, comme si le tunnel avait attendu patiemment ce moment. Liam sortit son téléphone et alluma la lampe torche dont le faisceau transperça l'obscurité, illuminant un couloir étroit bordé de pierres usées et de vieilles briques. Leurs pas résonnaient doucement contre les murs froids, rapprochant les deux amis d'une vérité qui pourrait réécrire l'histoire. L'esprit d'Emma s'emballa : quels secrets sa grand-mère cachait-elle pour nécessiter une telle ruse ? Et qu'y avait-il au bout de ce passage ? Un trésor, un piège ou quelque chose de bien pire ?

Alors qu'ils avançaient, des bruits étouffés se firent entendre devant eux : des voix chuchotées laissant entrevoir des réunions clandestines ou peut-être les échos d'une conspiration passée. Le pouls d'Emma s'accéléra ; le poids de sa découverte était écrasant. Elle jeta un coup d'œil à Liam dont le regard fixe ne trahissait ni peur ni crainte, seulement de la détermination. À cet instant, tous deux comprirent qu'ils faisaient désormais partie d'une histoire bien plus grande qu'eux, une histoire tissée dans la trame même des couloirs secrets de Montmartre.

Quelque part, dans l'ombre et les secrets, se trouvait la preuve qu'ils recherchaient : un trésor de documents et d'artefacts qui pourrait mettre à jour des décennies de mensonges. Mais alors qu'ils s'approchaient, une pensée effrayante les saisit : ils n'étaient pas seuls. Quelqu'un les attendait, tapi dans l'obscurité, prêt à tout pour défendre ses secrets. Leurs lampes torches vacillèrent soudainement, plongeant le tunnel dans l'obscurité.

L'air devint tendu, chargé d'une étrange électricité qui fit se hérisser leurs cheveux. Emma se figea, à l'écoute : elle perçut un léger frottement, un murmure. La voix de Liam rompit le silence, calme mais pressante :

« Restez près de moi. »

À cet instant, une silhouette se découpa dans l'ombre. Elle était vêtue de vêtements sombres et ses yeux brillaient d'un calme inquiétant. Emma retint son souffle lorsqu'elle reconnut l'intrus : ce n'était pas n'importe qui. C'était quelqu'un qui connaissait chaque recoin de ce labyrinthe, quelqu'un qui les attendait. La silhouette leva lentement la main, révélant un petit coffret orné, signe que son contenu valait la peine de tout risquer pour le protéger. L'esprit d'Emma s'emballa, son cœur battant à tout rompre. Elle comprit alors que leur découverte avait valu à leur groupe de véritables ennemis, prêts à tout pour protéger les secrets enfouis ici.

***

Dans le calme de l'aube qui filtrait à travers les rideaux de leur modeste appartement parisien, Emma se retrouva assise près de la fenêtre, une tasse de café fumante réchauffant ses mains. La ville s'éveillait autour d'elle, ses rues déjà animées, tandis qu'à l'intérieur, son esprit était en proie à une tempête de souvenirs et de promesses. Elle repensa à la façon dont l'amour s'était glissé dans sa vie, la présence constante de Liam venant remplacer le chaos qui l'avait autrefois envahie.

Leur aventure avait commencé dans le danger et la tromperie, mais à présent, à cette heure paisible, elle s'était transformée en quelque chose de plus fragile et de plus précieux : un fondement pour l'espoir. Liam entra doucement dans la pièce, portant un dossier contenant des photos et des notes prises lors de leur réunion stratégique de la veille. Son regard s'attarda sur le visage d'Emma, suivant les traits doux marqués par la fatigue et la détermination.

Ils avaient découvert tant de choses, des secrets qui avaient menacé de détruire leurs mondes, et pourtant ils étaient là, toujours debout, toujours en lutte. Ils avaient compris que l'amour n'était pas seulement une question de passion ou de moments éphémères, mais un lien forgé dans le danger partagé, dans les peurs murmurées et la confiance silencieuse. Sans un mot, il tendit la main et écarta doucement une mèche de cheveux de son visage, lui offrant en silence l'assurance qu'ensemble, ils pourraient bâtir un nouveau départ à partir des vestiges de leur passé.

Leurs passés, si enchevêtrés et si sombres, avaient

été la raison de leur rencontre, mais maintenant, ils les considéraient comme des tremplins plutôt que comme des obstacles. L'histoire de la grand-mère d'Emma, autrefois un mystère lointain, avait soudainement coloré tout leur monde de nuances de vérité et de tromperie. Emma suivit du bout des doigts les bords du vieux journal de sa grand-mère, désormais rempli d'entrées codées et de photographies d'œuvres d'art volées.

Ce n'était pas seulement un héritage volé ; c'était un témoignage de survie, de résilience et des liens complexes qui unissent les familles, même lorsqu'ils sont enfouis sous des couches de crime et de trahison. À chaque révélation, ils sentaient le poids de l'histoire peser sur leurs épaules, leur murmurant à la fois des avertissements et des promesses de rédemption. Ils se déplaçaient avec précaution dans l'appartement, comme s'ils marchaient sur du verre fragile. Emma savait que les dernières pièces du puzzle étaient proches, elle le sentait en elle.

La vérité sur la trahison de Margot avait été profondément enfouie pendant des décennies, mais les preuves étaient à portée de main. Liam, comme toujours, voyait plus loin. Son travail d'infiltration avait révélé des failles dans la façade des forces de l'ordre, des zones d'ombre de corruption tapies sous un vernis d'intégrité. Tous deux comprenaient que les enjeux n'avaient jamais été aussi élevés.

Le nom de Margot Dubois était devenu le symbole d'une emprise passée obsédante, mais il était désormais sur le point d'être effacé... ou racheté. Sur le papier, leur plan était simple : atteindre les salles secrètes sous Montmartre, découvrir les archives et dévoiler le réseau. Cependant, la réalité était bien plus dangereuse. La main d'Emma tremblait en repensant aux innombrables indices qu'elle avait rassemblés et à la façon dont chacun d'entre eux révélait la véritable nature de sa grand-mère.

L'histoire de Margot était celle d'une femme manipulatrice qui avait utilisé ses alliances pendant la guerre pour dissimuler ses actes les plus sombres. Le but d'Emma était désormais clair : découvrir la vérité, affronter les ténèbres et dévoiler les mensonges. Le rôle de Liam était tout aussi essentiel : son appareil photo et son micro permettraient de diffuser leurs découvertes au monde entier, à condition qu'ils parviennent à survivre aux dangers qui les guettaient à chaque coin de ce labyrinthe.

Alors qu'ils descendaient dans les tunnels secrets, un frisson glacial parcourut l'air. Les tunnels serpentaient, des étagères cachées étaient remplies d'artefacts, de documents et de vestiges d'un empire oublié depuis longtemps. Le cœur d'Emma battait à tout rompre tandis qu'elle examinait les marques à peine visibles sur les murs. Elle se rendit compte que ces passages avaient servi à autre chose qu'à stocker des objets : ils constituaient des repaires stratégiques conçus par ceux qui cherchaient désespérément à échapper à la justice. Chaque pas les rapprochait de révélations qui pourraient bouleverser leur vie à jamais. Des ombres dansaient de manière imprévisible dans la lumière vacillante, et un bruit lointain et étouffé fit brusquement s'arrêter Emma. S'agissait-il de bruits de pas, ou bien y avait-il quelque chose de plus sinistre ? La peur qui la tenaillait s'intensifia soudainement, et elle eut le sentiment que la bataille finale était imminente.

Puis, un faible murmure de voix résonna dans le silence. Emma et Liam se serrèrent contre la pierre froide, échangant des regards tendus. Ils n'étaient plus seuls dans l'obscurité. Armés de leur instinct, ils se préparèrent à l'affrontement : celui avec les mensonges les plus profonds et les personnes qui les avaient trompés depuis le début. Chaque document secret, chaque cachette semblait vibrer d'une énergie invisible, comme si les murs attendaient le moment de révéler la vérité. Alors qu'Emma serrait plus fort le journal de sa grand-mère, elle savait que la révélation finale était proche. Quelque part dans ce labyrinthe, les réponses prévues attendaient d'être découvertes, même si cela signifiait affronter les ténèbres qui menaçaient de les engloutir.